Yenan in June 1937:
Talks with
the Communist Leaders

中国共产党的领导人之所以毫无顾忌地透露出这些讯息,是因为他们无比坚定地相信,自己此刻正站立在历史转折点的紧要关头上,并能清晰地展望到前景和未来。

——〔美〕欧文·拉铁摩尔

# 1937，延安对话

〔美〕托马斯·亚瑟·毕森/著

李　彦/译

人民文学出版社

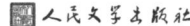

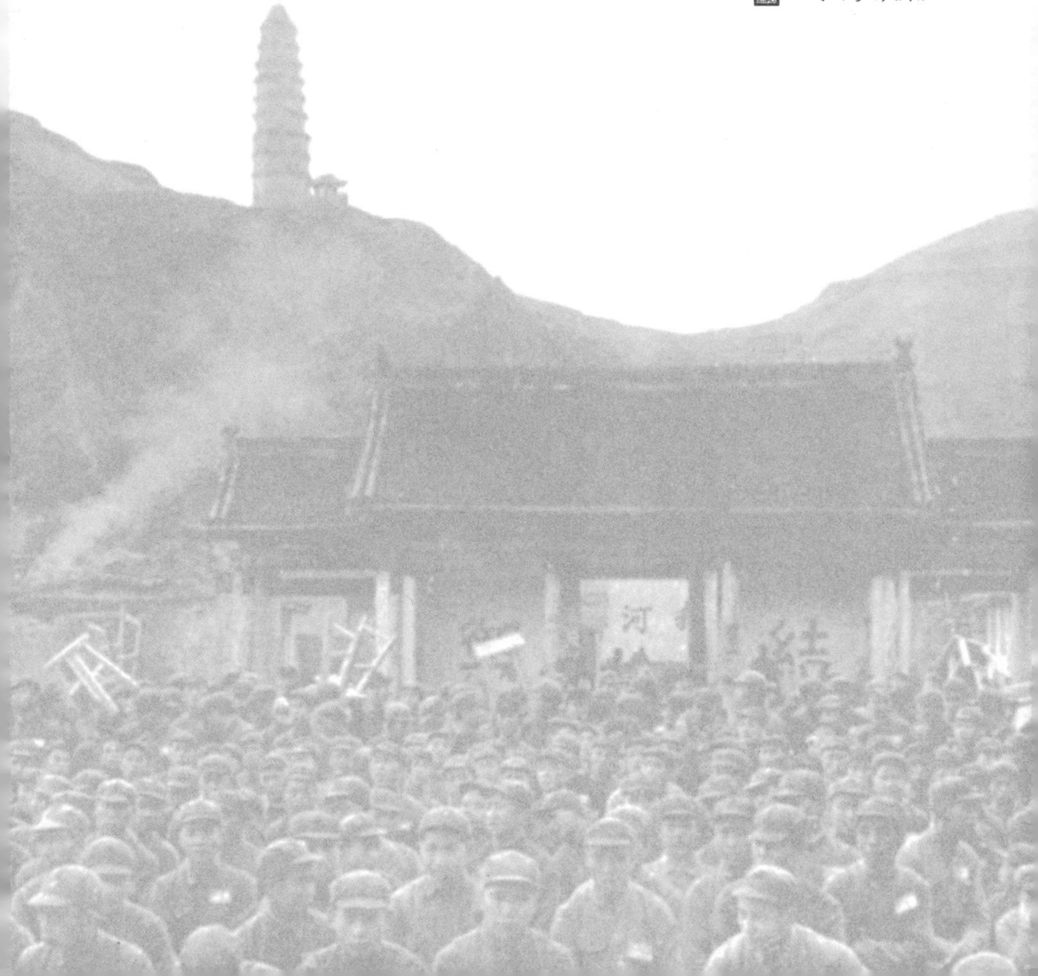

著作权合同登记号图字01-2020-4058

Yenan in June 1937: Talks with the Communist Leaders
by Thomas Arthur Bisson

Original Copyright © 1973 The Regents of the University of California.
Simplified Chinese translation rights Copyright © 2021
The Regents of the University of California.
Published by arrangement with the Institute of East Asian Studies,
University of California, Berkeley.

**图书在版编目(CIP)数据**

1937,延安对话/(美)托马斯·毕森著;李彦译.—北京:人民文学出版社,2021(2025.5重印)
ISBN 978-7-02-016012-9

Ⅰ.①1… Ⅱ.①托…②李… Ⅲ.①纪实文学—美国—现代 Ⅳ.①I712.55

中国版本图书馆CIP数据核字(2021)第102140号

| 选题策划 | 孔令燕 |
|---|---|
| 责任编辑 | 陈 悦 刘玉阶 |
| 装帧设计 | 刘 静 |
| 责任印制 | 苏文强 |

| 出版发行 | 人民文学出版社 |
|---|---|
| 社 址 | 北京市朝内大街166号 |
| 邮政编码 | 100705 |
| 印 刷 | 三河市宏盛印务有限公司 |
| 经 销 | 全国新华书店等 |
| 字 数 | 119千字 |
| 开 本 | 880毫米×1230毫米 1/32 |
| 印 张 | 8 插页12 |
| 印 数 | 75001—78000 |
| 版 次 | 2021年6月北京第1版 |
| 印 次 | 2025年5月第19次印刷 |
| 书 号 | 978-7-02-016012-9 |
| 定 价 | 45.00元 |

如有印装质量问题,请与本社图书销售中心调换。电话:010-65233595

1973年英文原版《1937，延安对话》，作者托马斯·亚瑟·毕森。完稿36年之后，该书于1973年由加州大学伯克利分校中国研究中心首次出版。

1937年，托马斯·亚瑟·毕森和朋友们到访延安。（左起）菲立浦·贾菲、佩吉·斯诺（尼姆·威尔斯）、欧文·拉铁摩尔、毛泽东、毕森、艾格尼丝·贾菲

1937年夏,毕森在北平停留时与家人合照,此时尚未去延安。毕森夫妇和子女、保姆

1937年夏,毕森在北平。两位女性是贾菲妻子艾格尼丝、拉铁摩尔妻子埃莉诺,大家在策划去延安。

1937年夏，毕森的儿女在北平公园里

中年时的毕森

中年时的毕森妻子菲丝

1979年秋,"超好"图古德教授和菲丝栽种蓝杉树时合影

1979年栽种蓝杉树时的尼古拉（右1）、帕特丽霞（右2）

1979年校园里刚刚栽种的蓝杉树

加拿大滑铁卢大学校园中，美洲蕾树下的毕森纪念铭牌

毕森在滑铁卢市的旧居

南京大学校园内的小教堂

# 華 津 語 梁
## 初 級
## CHINESE LESSONS
### FIRST SERIES

### LESSON VI 第六課

#### Brief Sentences 短句

| 中文 | English | Romanization |
|---|---|---|
| 禮拜ᴬ我們不念書 | On Sunday we do not study. | Li³ P'ai⁴ wo³ men² pu² nien⁴ shu¹. |
| 我們作甚麼 | What do we do? | Wo³ men² tso⁴ shê(n)² mo? |
| 我們到禮拜堂去作禮拜 | (We to (the) worship hall go (to) perform worship) (We go to church (to) worship) We go to church. | Wo³ men² tao⁴ li³ pai⁴ t'ang² ch'ü⁴ tso⁴ li³ pai⁴. |
| 你們今年到中國來 | You (have) come to China this year. | Ni² men² chin¹ nien² tao⁴ Chung¹ Kuo² lai². |
| 你們到學校來作甚麼 | (You to (the) school (have) come (to)⁹ do what?) What (have) you come to (the) school for? | Ni² men² tao⁴ hsüeh² hsiao⁴ lai² tso⁴ shê(n)² mo? |
| 我們到學校來念中國書 | We (have) come to (the) school (to) read Chinese books. | Wo³ men² tao⁴ hsüeh² hsiao⁴ lai² nien⁴ Chung¹ Kuo² shu¹. |
| 今年是外國一千九百二十四年 | This year (according to the) foreign (calendar) is 1924. | Chin¹ nien² shih⁴ wai⁴ kuo² i⁴ ch'ien¹ chiu² pai² êrh⁴ shih² ssu⁴ nien². |
| 今天是十月二日 | To-day is October 2nd; or, This is the second day of October. | Chin¹ t'ien¹ shih⁴ shih² yüeh⁴ êr⁴ jih⁴. |
| 一年有十二個月ᶜ | (A year has twelve months) There are twelve months in a year. | I⁴ nien² yu³ shih² êr⁴ ke⁴ yüeh⁴. |
| 一個月有的是二十八天有的是二十九天有的是三十天也有的是三十一天 | (In) a month sometimes there are 28 days, sometimes 29 days, sometimes 30 days, and sometimes 31 days. | I² ke⁴ yüeh⁴ , yu³ ti⁴ shih⁴ êr⁴ shih² pa¹ t'ien¹ , yu³ ti⁴ shih⁴ êr⁴ shih² chiu³ t'ien¹ , yu³ ti⁴ shih⁴ san¹ shih² t'ien¹ , yeh³ yu³ ti⁴ shih⁴ san¹ shih² i² t'ien¹. |
| 七天是一個禮拜 | Seven days is a week. | Ch'i¹ t'ien¹ shih⁴ i² ke⁴ li³ pai⁴. |
| 這三個人是男人 | These three persons are men. | Che⁴ san¹ ke⁴ jen² shih⁴ nan² jen². |

1924年毕森初抵中国时使用的汉语课本

毕森晚年在滑铁卢家中

毕森夫妇晚年在加拿大森林公园

毕森后人向译者讲解家中的老照片

译者采访《校园里那株美洲蕾》中的"超好"图古德教授

# 目 录

《1937，延安对话》小序 ············陈晋 1

1937，延安对话 ·······〔美〕托马斯·亚瑟·毕森 1

附：校园里那株美洲蕾 ··········李彦 181

# 《1937，延安对话》小序

□ 陈晋

本书作者托马斯·亚瑟·毕森，是在斯诺（包括斯诺当时的夫人海伦）之后第二波赴延安及陕北苏区"探险"的美国人。毕森一行四人和斯诺纯粹记者身份不同，他们当时实际上是为美国政府服务的研究人员，重点是研究中日关系。由此，他们在延安的考察，主要聚焦于当时的国共谈判，以及中国共产党在抗日问题上的主张。赴延安之前，他们在国统区已经获得不少材料，还采访了国民党方面负责和中国共产党谈判的陈立夫，但留下的印象不好。他们在延安采访毛泽东、朱德、周恩来的日子是1937年6月23日，这是个非常重要的时间点。1937年7月2日毕森一行回到北平，五天后，"卢沟桥事变"爆发，中国人民的全面抗战开始了。

这样的行程，决定了《1937，延安对话》所承载的特殊史料价值。它真实地记录下美方时势研究人员在中国人民全面抗战到来前最后一刻，在延安的所见所闻；真实地记录下中国共产党

## 《1937，延安对话》小序

的主要领导人在全面抗战到来前最后关头，所作的重要决策和政治宣示；真实地记录下中国共产党领导下的陕北苏区在全面抗战到来的那一刻，所实施的各项制度政策以及人民的精神面貌。

因为有这样特殊的史料价值，中央文献研究室撰写毛泽东、周恩来、朱德年谱的时候，还参考运用了毕森采访他们的记录。

阅读此书，还有一点启发。就是毛泽东那一代人在延安的时候，是那样善于讲"中国故事"。这一点，和毕森同行的欧文·拉铁摩尔很有体会。他说："我们所提出的问题，都得到耐心和礼貌的回答。那些非常具体和详尽的回答，都来自中国共产党最高层的领导人。"他们之所以毫无顾忌地透露"具有完整情报"价值的"中国共产党的所有计划和意图"，是因他们"无比坚定地相信，自己此刻正站在历史转折点的紧要关头上，并能清晰地展望到前景和未来"。毛泽东在接受采访的时候，还劝说给毕森等人当司机的机修师瑞典人艾飞·希尔留在延安工作，虽然未能如愿，但毛泽东却给毕森一行留下"充满人情味的细节"和"机智过人的头脑"这样深刻的印象。这些，对我们今天讲好中国故事，是有借鉴价值的。

是为序。

2020年8月

（陈晋，中国中共文献研究会副会长，毛泽东思想生平研究会会长。中央文献研究室原副主任。）

Center for Chinese Studies • CHINA RESEARCH MONOGRAPHS
UNIVERSITY OF CALIFORNIA, BERKELEY

/ NUMBER ELEVEN

# Yenan in June 1937: Talks with the Communist Leaders

T. A. BISSON

# 目 录

作者简介 · · · · · · · · · · · · · · 5

序 · · · · · · · · · · · · · · · · 7

前 言 · · · · · · · · · · · · · · · 15

第一章 时代风云 · · · · · · · · · · 19

第二章 潜抵西安 · · · · · · · · · · 26

第三章 越水翻山 · · · · · · · · · · 33

第四章 延安日夜 · · · · · · · · · · 48

第五章 边区概况 · · · · · · · · · · 62

第六章 抗大见闻 · · · · · · · · · · 73

第七章 朱德访谈（1937年6月23日）· · · · · 80

第八章 周恩来访谈（1937年6月23日）· · · · 88

第九章 毛泽东访谈（上）（1937年6月22日）· · · 100

第十章 毛泽东访谈（下）（1937年6月23日）· · · 115

第十一章 归途散记 · · · · · · · · · 122

第十二章 回眸一瞥 · · · · · · · · · 136

照 片 · · · · · · · · · · · · · · · 149

地 图 · · · · · · · · · · · · · · · 179

# 作者简介

托马斯·亚瑟·毕森(Thomas Arthur Bisson)的第一部著作是《日本侵华》(*Japan in China*),于1938年在麦克米兰出版社(Macmillan)发行出版。该部论著是毕森在访问延安的旅途之中撰写的。

早在奔赴延安之前,毕森就在美国哥伦比亚大学汉学研究领域完成了他的研究生学业。接下来,从1924年至1928年期间,毕森来到中国工作,先后在安徽省怀远县的一所中学以及北平的燕京大学执教。

从1929年起,毕森在美国的"外交政策委员会"中担任远东事务研究员。第二次世界大战时期,他在"战时经济委员会"里担任经济分析师,为美国政府服务。

1943年,毕森进入"太平洋关系研究所国际处"工作。该机构于1945年出版了他的两部著作:《美国的远东政策》(*America's Far Eastern Policy*)和《日本的战时经济》(*Japan's War Economy*)。

从1945年至1947年,毕森在日本居住。他先是任职于"美国战略轰炸调查委员会",接着又以政府部门主管顾问的身份进行工作。

麦克米兰出版社在1949年出版了他所撰写的《日本的民主前景展望》(*Prospects for Democracy in Japan*)一书。在该部著作中，针对日本的老牌政客与大资本利益集团之间在政权争夺过程中旷日持久、根深蒂固的矛盾纠葛，毕森进行了分析。

从1948年至1953年之间，毕森在加利福尼亚大学伯克利分校政治系担任教授。1954年，在他离开该校之后，加利福尼亚大学出版社（University of California Press）出版了他的又一部作品《日本财阀的解体》(*Zaibatsu Dissolution in Japan*)。

在五十年代后期以及六十年代，毕森先生在俄亥俄州牛津城（Oxford, Ohio）的西部女子学院（Western College for Women）任教，为该校创建了适于小规模高等院校开设的国际研究领域的教学科目。

他在近期发表的作品是1966年8月刊登在《公共事务》(*Public Affairs Pamphlets*)第391期上的《美国与越南：两种观点》(*The United States and Viet Nam: Two Views*)。

加利福尼亚大学伯克利分校中国研究中心

（Center for Chinese Studies, University of California, Berkeley, California）

1973年

# 序

谈起革命者戎马倥偬的生涯来，似乎总会有那么一个阶段，这些革命领袖们会表现出一种超越寻常的开朗乐观、充满自信。例如，在约翰·瑞德（John Reed）所撰写的《震撼世界的十天》（*Ten Days that Shook the World*）里，在埃德加·斯诺撰写的《红星照耀中国》里，还有在赫伯特·马修斯（Herbert Matthews）钻入奥里恩特（Oriente）山区之后所携带出来的那些关于卡斯特罗（Castro）的故事里面，都曾呈现出这种现象。

革命领袖们浴血奋战，面对过生死存亡的危急关头，经历过革命事业成败与否的严峻考验。他们往往高瞻远瞩，能够预测到未来的光明前景，仿佛一切都历历在目，就在他们的面前，栩栩如生地展现。

他们身为职业革命家，很喜欢对未来做出预言。而且，其坚定不移的态度，足以令我们这些旁观者感到惊愕、慨叹。须知，那座美丽迷人的理想花园甚至连蓝图都尚未绘制出来呢，更何况，通往那里的道路异常地崎岖坎坷，充满了艰难险阻。

毕森所记录下来的在延安那一场又一场谈话之中，最为突出的特色，便是中国革命领袖们令人震撼的清晰思维和先见之明。

对那些谈话内容，我不打算作详细的评论了。桃李不言，下自成蹊。我只想在此处补充一些自己的记录。

当初，我十分清楚，国民党政府虽然公开宣称，允许记者和作家们前往延安采访，但事实上，他们却在途中设置了各种关卡和障碍。鉴于此，奔赴延安路程的全部详尽计划，都是由我亲手制订的。而且，在西安寻找到那个瑞典人机械师艾飞·希尔（Effie Hill），并最终说服他，让他为我们担任司机，驱车前往延安，也都是我一手操办的。

在前往延安的旅途中，我曾经担忧过，自己也许不得不充当翻译，在中国共产党领导人和来访的几个美国人之间协助沟通。经验早已告诉了我，当翻译是个非常不幸的苦差事。因为你不得不全神贯注地对付每一个词组、每一个短句，以保证翻译的准确性。结果，当谈话结束之后，整个采访过程往往只会在你脑中残留下一个朦胧模糊的印象。

然而，出乎意料，我们在延安所遇到的那些中国翻译们，个个都堪称出色，绝对称职。因此，我得以悠闲地坐在一旁，轻松自如地体验了采访的整个过程。

那真是一种极为独特的感受啊。当一场访谈在进行中时，如果你熟谙双方的语言，但却仅仅作为旁观者，而不必参与讨论之中，那么，你便可以悄悄地观察到，人们是如何巧妙地运用艺术手段，引导和控制谈话内容了。

一个懂得谈话技巧的人，在被采访的过程中，他会回答采访者所提出来的第一个问题。然后，当他的回答在被翻译成另一种语言的过程中，他就会从采访者所提出的第一个问题以及接下来的那些问题中，推断出采访者企图达到的目的究竟是什么。这就使得被采访者能够对症下药地回答问题。其结果往往导致了采访者实际上修改了自己原本想要端出来的问题。所以，被采访者基本上可以引导谈话发展的走向。

除此之外，我们这几个去延安访问的美国人，对于当时所涉及到的马克思主义学说的那些敏感争执，丝毫都不关心。我们并没有提出诸如此类的问题："你们这种做法是否符合斯大林的路线？"或者"托洛茨基分子在这点上采取何种立场？"

我们所提出的问题，主要都聚焦在当前的局势上，而非未来的发展。我们之间的谈话，只是偶尔才会回溯到三十年代的某些历史转折点上。

我们所提出的问题，都得到了耐心、礼貌的回答。而且，那些非常具体和详尽的回答，都来自中国共产党最高层的领导人。

今天，任何人如果回首往事，仔细阅读毕森为这次访谈所留下来的笔记，就都会明白：共产党领袖们所做出的那些回答，实际上等于将中国共产党的所有计划和意图都提供了一份完美无缺的情报记录。

中国共产党的领导人之所以毫无顾忌地透露出这些讯息，是因为他们无比坚定地相信，自己此刻正站立在历史转折点的紧要关头上，并能清晰地展望到前景和未来。

无论蒋介石是否会忠实地执行新成立的统一战线政策，还是他将背信弃义地对其进行阴谋破坏，抑或由于国民党内斗的因素而逼其被迫采取破坏统一战线的做法，共产党领袖们都深信不疑：即将掀起的这场关乎到民族存亡的抗日大潮，必然会促使越来越多的人民群众加入到他们的阵营中来。他们毫不畏惧，假如蒋介石了解到他们的所思所想的话，共产党的地位就会岌岌可危，或者他们将要采取的行动就会遭到彻底粉碎。

此外，还有一个充满人情味的细节，可以十分透彻地显示出毛泽东机智过人的头脑来。

毕森在书中提到，毛泽东曾竭尽全力，劝说给我们当司机的那个瑞典人机械师艾飞·希尔，请他留在延安，负责修理和保管红军队伍中那批被国民党的炮火打得稀烂的卡车和吉普车。

艾飞·希尔是个基督教牧师的儿子。在旧中国，像他这样的人为数不少。但艾飞却算得上是个传奇色彩浓厚、经历曲折独特的冒险家、流浪汉。

他的父母是瑞典基督教路德派教会的来华传教士。艾飞出生成长于内蒙古河套地区。有很多汉族人在那一带开荒种地。

当地百姓所操的方言,在其他中国人听来,是堪称粗鄙可笑的。但那种方言却恰恰是艾飞的乡音。这个年轻人极具天分,善于通过插科打诨的方式,用方言土语与人逗乐,以此博得笑声,赢取好感。

艾飞年纪虽轻,却未曾接受过完整的教育。他在中国西北部地区辗转流浪了很多个年头,曾为内蒙古和新疆一带的中国富商和军阀们驾车,也曾为斯文·赫定(Sven Hedin)的"中国－瑞典探险队"服务过。艾飞对中国边远地区社会底层的阴暗面,可说是了如指掌。无论是娼寮俗语、猜拳行令、民间小调,还是土匪黑话,他都能脱口道来。

虽然从某些方面来看,艾飞对他所身处的特殊的中国环境具有深入透彻的了解,但与此同时,他对这个社会也怀有不屑,涉嫌有点种族主义者的味道。

在表明自己的态度时,他曾这样说过:"这是一个充满欺诈和玩弄不正当手段的世界。我很了解他们中国人的思维方式。但我是个与众不同的白种人,因此总能翻倍地赢过他们。"

从社会视角上来说,我觉得把艾飞称作"游民小资产者",会比较恰当。他对政治的了解实际上乏善可陈,其知识面充其量仅仅停留在"谁谁谁接受贿赂却逃脱了惩罚"这种水平上。但他却声称,并不喜欢共产主义的理念。他肯定拥有一种根深蒂固的直觉,因此懂得,共产主义理想将会毁掉他那种天马行空、放荡不羁的生活方式。

然而，颇为有趣的是，毛泽东主席对我们这几个美国人彬彬有礼、耐心有加，但与此同时，他却使出了浑身解数，千方百计地试图劝说这个落魄潦倒的瑞典年轻人，请他在延安留下来。

这也可以理解。美国的知识分子并不值钱，一毛钱一堆儿。新苗代代有，且层出不穷。然而，一个欧裔的汽车机械师，操着土里土气却堪称地道的乡下人口音，不但能够把那些繁琐复杂的机器玩弄于股掌之间，还能够教会你怎么对付这些玩意儿，你说他不是个宝贝，还能是什么？

我很高兴也能在这本书中记录下艾飞·希尔这位并不赞同共产主义的人所发出的真知灼见。

当我们离开延安，踏上归程之后，我曾经问他："现在，一切都已结束了，你觉得毛泽东这个人怎么样呢？"

艾飞·希尔回答说："我曾经见识过各种各样的人。富商、军阀、知识分子、国民党高官。但毛泽东却是我见过的唯一一个能够统一全中国的人。"

毕森描述了埃德加·斯诺是如何伸出援手，促成了我们前往延安采访的。

此刻，我怀着骄傲与悲伤交织一处的复杂心情，在瑞士的斯诺家中记下了今天这个日子。

欧文·拉铁摩尔
1972年8月于瑞士沃德省艾辛斯市

## Yenan in June 1937:
## Talks with the Communist Leaders

编者注：欧文·拉铁摩尔（Owen Lattimore，1900—1989）：美国著名汉学家、蒙古学家，蒋介石的政治顾问。幼时随父来华，毕业于英国圣·比斯学校。1922年获美国社会科学研究会奖金，后周游新疆、内蒙古和东北各地，著有《中国的亚洲内陆边疆》一书。三十年代初为北平哈佛燕京社研究员。1937年6月与毕森等人组成"美亚小组"访问过延安，1938年起执教于霍普金斯大学。1941年由罗斯福推荐任蒋介石的私人政治顾问，因不遂蒋介石之意，次年被迫回国。1944年曾建议美方施加压力使蒋介石政府调整与中共的关系。五十年代受麦卡锡主义影响，被迫离开美国，直到1985年才得以回国。其名言是："日本军队是中国军队的磨刀石，中国共产党的军队就是在与日本作战中磨炼出来的，而在未来的内战中，拒绝与日本军队作战的国军主力，一定会被与日军作战的共军主力所击败。"

# 前　言

这部简短论著的资料来源于两个小小的笔记本。当初，我是用铅笔做的记录。好在岁月一晃，几十年过去了，如今字迹依旧清晰可鉴，正如书中所附的图片所显示的那样。

笔记本之一，记录了我们在往返延安旅途中的所见所闻，包括在延安度过的那几个日夜。另外一本笔记，则是采访中国共产党领导人时的当场记录。

在过去的几十年岁月里，我曾辗转流离，多次搬迁，但是，这两本笔记却一直完好无损地保存在身边，跟随着我，浪迹天涯。仅此一点，便足以证明，它们在我脑中所蕴含的意义有多么重大。

然而，星移斗转，岁月流逝，直到最近，我却从未考虑过要采用这两本笔记中的素材，做一次完整严谨、深思熟虑的论述。

如今看来，当初拍摄的那些照片，已然拥有极其特殊的价值了。那些1937年时延安城里的景象，倒是没有什么亮丽之处。不过，毛泽东、周恩来、朱德等革命领袖，当时正值盛年。年纪最轻的周恩来，那时才只有39岁。他们的面容与身姿，今天都已成为弥足珍贵的史料了。

如笔记本中所言，这个故事可以大致分成三个部分：对中国共产党领袖人物的采访；在延安四天四夜的见闻；在春潮泛滥的日子里跋山涉水，从西安驱车前往延安的艰辛旅途。

毛泽东在1937年时所做出的某些论断，竟然与今天的形势有着异乎寻常的紧密关联。尼克松总统在1972年初对北京的访问，不过仅仅是鲜明地印证了毛泽东早年留下的名言罢了。因为早在那个时候，毛泽东就已经阐述过，中国共产党需要采取切合实际的政策。

如我在笔记中所记录的那样，对毛泽东的前后两次访谈，尽管我是通过翻译草草记录下来这一切的，但其内容却彰显出，他具有异常清晰的思维和表达方式。

至于毛泽东所谈及的三十年代的某些事件，我却感到很有必要用括号的方式补充上一些注释。因为在当时那种情况下，谈话中所涉及到的那些历史事件，属于路人皆知的事情。但是，三十五年过去了，弹指一挥间。行人若问当年事，一切恐怕早已不复当初，恐被今人遗忘了。

对朱德和周恩来的访谈，我也做了一些注释，这样也许可以帮助今天的读者理解那个时代的一些问题以及它们在其后的发展。

在结尾的那个章节，我记叙了初抵延安时，所见所闻在我脑中激起的强烈感怀。在这点上，我和埃德加·斯诺以及在抗日战争期间也曾去延安访问过的其他外国人一样，恐怕是灵犀相通吧。

我们抵达延安的时候，正值国民党和共产党关于建立统一战线的谈判已经大部分达成了协议之时。统一战线的建立，可被看作是中国现代史上的分水岭。我在二战期间以及战后都曾竭力强调过，要发挥国共统一战线的核心作用。那是基于我在延安的访谈以及我对形势的判断之后所发出的真诚呼唤。

托马斯·亚瑟·毕森

1972年6月30日

# 第一章　时代风云

1937年时，我获得了"洛克菲勒基金会（Rockefeller Foundation）"的一笔科研经费，得以前往日本和中国工作一年，从事我在中日关系领域里的研究课题。

年初，我抵达了日本。在那里停留了数月之后，紧接着又去朝鲜和中国东北，旅行了两个星期，做了一些调研考察。

阳春三月，莺飞草长之时，我和妻子已经在北平城里安置好了一个舒适的小窝。对我们夫妇来说，这次返回中国，在很大程度上，有一种重归故里的亲切温馨。

在北平古城里，还居住着当年与我们一起学习汉语时的旧日同窗，也有我在燕京大学任教时的老同事、老朋友。那个时候，抗日战争（编者注：此处抗日战争，指1937年七七事变之后的全国性抗日战争。下文同。）尚未正式爆发，古城的生活是春意盎然、令人流连忘返的。

埃德加·斯诺当时也住在燕园里，正在埋首撰写《红星照耀中国》那部书的初稿。

新闻记者、访问学者、住校学生，以及来自欧洲和美国的人们，常常凑在一起聚会，分外热闹。

好像是在四月份前后吧，欧文·拉铁摩尔找到我，提出了一个建议，说我们俩应当设法去延安看看。

听到这个建议之初，我感觉似乎难度颇大，那几乎是不可能实现的梦想。但我们并没有就此放弃这个念头，而是开始积极动手，寻找可行的方案。

去陕北考察的建议，实际上与我的研究课题也相当吻合。尤其是当时朝野内外一度盛传，国民党和共产党正在进行谈判，打算在中国的政治舞台上共同建立一个轴心。鉴于此，我就更有必要亲身前往，做一番调查核实了。

五月份，正值繁花似锦的时节，各种事件却重重叠叠，不断涌现。我首先去了一趟南京，对国民党政府的官员进行了一轮采访。接下来，对陕北的考察，似乎就显得更加合情合理，且势在必行了。

回溯1937年的头几个月里，我当时尚在日本停留，因此更多关注的，是那个国家的事态发展。当时的高潮性事件，是二月份的日本全国大选。选民们表现出支持政党、反对军方的强烈情绪。

但是，出身皇族的近卫文麿公爵（Prince Konoye）组阁后，成立了一个无党派，或者说反对政党派的"国家联盟"。最后，

Yenan in June 1937:
Talks with the Communist Leaders

在6月3日那天,他正式宣告了内阁的诞生,赤裸裸地拒绝了民主选举的方案。

那年六月初,我在北平和天津所做的一系列公开讲演中,均坦率地表达了自己的观点:近卫文麿的内阁所代表的,实质上是一个战争内阁。

记得在春天抵达北平后,我所遇到的中国朋友们还都争辩说,来自日本的压力,并没有那么明显嘛!

然而,等到了六月初,我们离开北平前夕,人们的情绪显然就不再那么乐观了。

抵达延安之后,我们才会发现,日本人对中国展开全面进攻,是迟早要发生的事,只不过谁也无法确定,究竟会在哪天爆发罢了。

在那些日子里,中国政坛风云变幻、跌宕起伏,令人琢磨不透。直到后来,大家才逐渐看清楚了。越来越多的人们怀揣着期望,切盼南京政府能够发挥主导作用,坚决抵抗日本的侵略行为。

从中国国内来看,由各方势力割据所造成的四分五裂的局面,必须要予以平定。广东已被南京所控制住了,因此,广州至汉口的铁路线,得以迅速完工。

与广东毗邻的广西省的领导人物如李宗仁和白崇禧,是地方势力中最坚决主张抗日的人士。他们早已对蒋介石的不抵抗政策深感不满。而在此时,他们似乎也与南京携手合作了。

5月11日，平津地区的领导人宋哲元将军突然离开北平，回到他的家乡山东省乐陵县，在那里隐居了长达两个月之久。之所以如此做，是因他试图逃避开巨大的压力。

由于日本阴谋策划在华北地区进行扩张，宋哲元将军面临着不可承受之重。其实，仅就这种巨大压力本身而言，便早已撕下日本对外界声称自己是合理的、克制的那张假面具了。

从中国方面来说，宋哲元将军的被迫隐退具有双重意义。一方面，这显示了南京政府对日本所做出的更强硬的抵御态度；另一方面，也显示出南京政府对北方那些半自治势力的领导人，已经逐渐增强了掌控。

促成统一战线形成的关键人物，其实是在另外一些方面：蒋介石和延安的领导人之间，显然已经建立起了某种新型的关系。然而，一个至关重要的问题仍然是悬念。共产党和国民党之间经过长达十年之久的残酷内战（编者注：指四一二政变到全国抗战前夕的时段），眼下是否真能为了阻止日本进犯而捐弃前嫌、求同存异、携手并肩？

如果这种前景果真能够实现的话，那就意味着，在1936年12月西安事变中被东北军将领所逮捕的蒋介石总司令，通过他与周恩来的谈判，已经导致中国内政的巨大转折出现了。

首屈一指的变化，当属西安事变对蒋介石本人所带来的改变。东北军将领的揭竿造反，已被证明是个强有力的举措。这次造反打乱了蒋介石长期以来固步自封的方针策略，迫使他不得不接受在全国上下迅速蔓延的抗战情绪，改变其对日不抵抗却全力以赴肃清共产党的做法。

果真如此吗？1937年春天时，观察家们尚不敢确定。许多迹象都显示出，形势有朝着这种方向发展的可能性。

（作者注：有关这段转折时期的多棱镜现象，可参考1944年纽约现代图书馆Modern Library, New York出版的埃德加·斯诺的《红星照耀中国》第12章。）

但另外一些迹象，则令人感到扑朔迷离，难以断定。因此，人们又觉得，顶多也只能如此这般地做一番猜测罢了。

下列这些表面现象，可以算是足够清晰的一些迹象。

那年的1月6日，南京方面关闭了国民党设在西安的剿匪司令部。

二月份时，当蒋介石的嫡系部队控制了西安及其周边地区后，也并没有重新对共产党开火。

国民党在2月15日至21日召开其三中全会代表大会时，共产党递交给国民党的倡议书，也被公之于众了。

3月15日，共产党发表的一份长篇宣言，提出了国共双方进行直接谈判的要求。假如两党之间的谈判实际上在此时已经启动了，那么，双方肯定都执行了最严格的保密措施。假如谈判已经在进行之中了，那么，双方都取得了哪些进展呢？

五月底时，我带着这些疑问，抵达了南京。在对蒋介石的国民党党务核心人物陈立夫进行采访时，我的疑问得到了答复。

当然，对陈立夫的访谈，不能算作最理想的资料来源。因为，与其采访他，远不如采访一个曾直接参与了国共谈判的人物为佳。

与陈立夫的沟通颇为艰涩。他在透露信息时，采取了显而易见的防范姿态。在他的心目中，国民党政府的领导权是至高无上的。他接连不断地重复强调说，共产党必须要接受此点才行。

够了。只能到此结束了。陈立夫没有给我提供丝毫暗示，国共谈判究竟在朝哪个方向发展。但毫无疑问，至少我已经确信无疑，两党之间的谈判，已在进行之中了。

返回北平后，我迅速整理好行装，准备前往延安的旅行。

此时，旅行的队伍中，已经不仅仅是我与欧文·拉铁摩尔两个人了。菲立浦·贾菲（Philip Jaffe）和他的妻子艾格尼丝（Agnes）早就对远东事务兴趣浓厚。这对夫妻正在进行周游世界的环球之旅，最近刚刚抵达中国。当他们听说了我和欧文·拉铁摩尔的计划后，便非常积极地表示，想要加入我们的队伍，一同前往陕北探险。

我的日志是从旅行出发那天才开始记录的。因此，我没有记录下来在行前所做的那些细节策划，也没有记录下来这次旅行是如何由初始的两个人演变成了四个人的。

我记得，埃德加·斯诺向我们提供了许多十分有益的建议，并且帮助我们联络了一些人，因为那些人能够协助我们前往延安。

## Yenan in June 1937:
## Talks with the Communist Leaders

斯诺那时的妻子佩吉·斯诺（Peggy Snow），也叫海伦，笔名尼姆·威尔斯（Nym Wales），正在延安停留。斯诺曾希望，他的妻子能够跟随我们，一同返回北平。

（作者注：那段时期，尼姆·威尔斯女士在延安采访已经长达五个月之久了。她的作品《红尘》*Red Dust* 记叙了二十四位共产党领袖的自传，是了解中国共产主义运动史的主要资源。该书1952年由斯坦福大学出版社出版发行。）

我们的旅行路线是从北平搭乘火车，先到太原，再从那里穿越山西省，一路南下，然后渡过黄河，再换乘陇海线火车，抵达西安。

出发之前，曾有人警告我们说，要想在西安获得国民党政府的批准，前往陕北，恐怕是难于上青天之事。因此，究竟如何才能穿越重重封锁线，北上延安，仍然是个悬念。

## 第二章　潜抵西安

6月7日那天是星期一。近午时分，我们一行人登上火车，离开了北平。

抵达西安之前的那段路程，整整用去了四天之久。但因为我们选择了绕道太原，所以一路上颇为平静安宁，未遇到任何风险。

从北平出发后，第一次换乘列车，是在石家庄。

星期二的黎明，天色还黑蒙蒙的，我们便坐上了郑太线。在当天下午抵达太原之前，列车一直在太行山的崇山峻岭间穿行。悬崖峭壁，景色旖旎，令人目不暇给。

二等车厢内，没有多少乘客，整节车厢基本上就是我们这四个人，自然是既舒适又惬意。除了欧文·拉铁摩尔之外，我们其余三人均没有来过这一带，所以就像观光游客那样，对周围的环境，充满了浓厚的兴趣。

抵达太原之后，我们在一家酒店里留宿了一夜，得以在旅途中间好好休息了一下。因为在此前及此后,我们都不得不在火车的卧铺上咣当整整一个夜晚,深感疲惫不堪。

星期三那天,火车跨越了山西省大部分地区,逶迤南下。重重叠叠的山峰渐渐隐去,转化为一马平川的开阔原野。铁道两旁闪现出绵延不绝的阡陌良田。

星期四中午,我们就抵达了黄河畔,在潼关渡过了河。最后一段路程,是坐入陇海线上豪华的一等座车厢里,西行五个小时后,于当晚八点钟抵达了西安。

大家下榻的酒店,是西安古城中装修现代、颇为舒适的西安宾馆。然而我们的精神却丝毫不轻松,因为即将面临的,是如何北上延安的巨大压力。

此前一段时间,曾经到访过延安的一些外国人,撰写了一批同情和赞美共产党人的报道,在媒体上发表之后,便引起了国民党当局的极大不满。因此,他们下令,封锁了所有前往陕北的关卡。

我们抵达西安,离开火车站时,就体验到了盘查证件时漫长的等候。在酒店办理入住手续时,我们的护照再次受到了严格地查验。但这次来对付我们的人,换成了军队中的宪兵。

至少在国民党政府官员的眼中,我们这种类型的外国人,如果到了西安,就应该算是抵达旅游终点站了,不应该再继续朝前走。

即便我们能够跨越这层人为设置的障碍,接踵而来的第二

## 第二章　潜抵西安

个难题 —— 寻找交通工具 —— 其难度也丝毫不亚于前者。

通往延安的路途，可是没有平稳舒适的铁道线，而只有一条长达二百五十英里的黄土路，外加一条又一条泛滥成灾的河流。

困扰着我们的，还有第三个问题。从西安城里一个地下联络员那里，我们得到了一封介绍信，可以随身携带到陕北，呈递给共产党的负责干部。然而，在我们抵达红军防守的第一道封锁线之前，这封介绍信的价值是无法发挥其作用的。

在6月10日那天，我们就已经抵达了西安。可是，整整一个星期都过去了，我们却仍未寻找到北上延安的任何办法。

最先解决的一道难题，是我们终于找到了交通工具。真是踏破铁鞋无觅处，得来全不费工夫。

我们抵达西安之后不久，欧文·拉铁摩尔就邂逅了一个叫艾飞·希尔的年轻人。他是斯堪的纳维亚北欧传教士的后裔，在内蒙古出生长大。这两人颇有点相见恨晚、一拍即合的味道。

直到今天，我都忘不了当时的那幕场景。大家围聚在西安宾馆的某间客房里，一瓶接一瓶地喝着啤酒，整整唱了一个通宵。献唱者就是欧文·拉铁摩尔和艾飞·希尔这两位。他们唱的是五花八门的蒙古族民歌。两人似乎意犹未尽，第二天晚上又接着逗笑玩闹，连说带唱。

半酣之时，欧文·拉铁摩尔向艾飞·希尔坦诚相告，吐露了我们此行的目的是什么，并期望他能够出手相助。

说来也巧，艾飞·希尔当时正好放弃了他在西安城里的汽油销售和汽车修理生意，打算转往上海，寻求新的商机。他所拥有的全部财产中，也包括一辆千疮百孔、浑身毛病的老道奇。至于这辆汽车的出色表现，我们很快就将在旅途中领略一够。

17日那天，在晚餐桌上，欧文·拉铁摩尔和艾飞·希尔两人商谈了那个令人颇为尴尬的话题。如果我们肯出高价，艾飞愿意驾车带领大家前往延安吗？还算好，一番犹豫之后，他最终同意了。

于是，第二天清晨，我们终于出发了。

在西安逗留的那些日子里，我们也曾绞尽脑汁，想方设法，试图解决其他难题，扫除一切拦路虎。譬如说，怎样才能顺利出城呢？因为四面的城门都有卫兵严格把守着。我们能否从北门安然无恙地出城，直奔延安呢？

有人给我们出了一条妙计，让我们假扮为旅游者。但这个计策似乎显得过于简单了点，容易被人一眼识破。所以，连续几天，我们一直都在焦虑不安中反复掂量，踌躇不决。但是，想来想去，却依然找不出更好的办法来。

不论是参观历史文物，还是游览自然风光，恐怕从来也没有任何外国游客像我们这几个人那样，对西安城内外的各种古迹，都倾注了如此浓厚的兴趣吧！

在12日那天，我们参观了孔庙、柏树林（编者注：原文为white pine forest，字面意是"白松林"，但是西安没有叫"白松林"的地方，经查，西安市有街道叫"柏树林"，位于文昌门内，北接端履门。柏树林南端西侧是碑林。明正统年间，西安知府孙仁益拓建此街并在两侧广植柏树而得名柏树林。而孔庙与碑林在一个地址，按照作者原文线路故译作"柏树林"。），还有位于城西的回教徒的清真大寺，那些地方都非常值得一看。

在其中一个景点，因为里面正在进行装修，结果我们无缘一睹"大唐景教碑"。那块著名的石碑上记述了西方基督徒到访唐朝首都长安时的情景。可惜我们去的时候，那块石碑被严严实实地包裹起来了，无法窥其真容。

13日那天，我们来到终南山脚下，在一个叫做沣峪口的地方，游逛了一整天。我们沿着羊肠小道在密林中漫步，还在一汪清澈见底的泉水中游泳，感到浑身上下焕然一新，极为爽快。

第二日清晨，我们出城去了郊外更远的地方：骊山。据说在那里可以看到杨贵妃留下的石刻痕记。不幸的是，这次旅程在中途被一场暴雨打断了。我们只得重新规划路线，改为到其他地方去游览，以便继续掩盖我们频繁出行的真实目的。

紧接着，天气骤变，连续三日，瓢泼大雨从天而降。我们无法外出游览了，同时也暗自担忧，北上的路途，是否会被暴雨切断。大家只能留在西安宾馆的房间内，转悠来，转悠去，望着阴沉沉的天空，闷闷不乐地发呆。

不过，这期间有两个下午，当雨水暂停、天空稍微放晴的时候，我们便抓紧时机，匆匆溜出了西城门，沿着古代的"丝绸之路"一路走了下去，兴致勃勃地探宝寻幽。

在16日那天，我们竟然又发现了一座回教清真寺。可惜道路实在太泥泞难行了，结果我们不得不放弃了初衷，没去寻找传说中的那座喇嘛寺。

星期四那天，太阳终于露脸了，顷刻间乌云四散，天空湛蓝。于是，我们驱车出了城门，先是沿着长长的城墙根漫步，然后又去参观了卧龙寺。这座历史悠久的寺庙兴建于汉朝，眼下已成为佛教的禅宗寺院。在里面修行的僧人，竟多达五百之众。

返回宾馆时，我们故意绕道北边的城门，从那里入城。守门的士兵盘问时，我们就采用几天来同样的说辞：游山逛水去啦！

远远看着北门上高大巍峨的箭楼时，我们禁不住在心里悄悄祈祷，但愿很快就能插上双翅，逃离这座壁垒森严的古城。

当天晚上，欧文·拉铁摩尔与艾飞·希尔便达成了协议，为我们提供了必不可少的交通工具。除此之外，我们很快还将发现，同时获得的一件更加珍贵的东西，其实是这位神通广大、无所不能的司机。

我们决定，第二天一早就动身启程。这辆汽车必须要装满食品、带上足够的燃油才行。城里有个叫乔治·费奇（George Fitch）的人，是本地一家美国汽油公司的雇员。几天来，他也曾陪伴我们游览过一些风景点。此时，他为我们提供了足够的汽油。

18日那天是星期五,天色还蒙蒙亮,我们一行就离开宾馆,去了艾飞·希尔那里,在他的住处,重新往汽车里装载行囊,以便躲开宾馆里投向我们的监视的目光。

艾飞在汽车两旁分别绑上了一只汽油桶,每只桶内都灌满了二十加仑汽油。可是,这样一来,看上去就显得超载了,恐怕会引起人怀疑。的确,即便是去离城甚远的华山跑上一趟,这么多的汽油也是绰绰有余啊!然而,我们最终还是压下了心头的忐忑不安,硬着头皮出发了。

到了北门,要出城时,果然遇到了挑战。艾飞操着一口地道的当地口音,对士兵扬言道:"俺们带上行李出城耍去哩!"

他按照中国人的通常做法,掏出了自己的名片,毕恭毕敬地呈递到士兵面前,证明自己是在西安城里做买卖的规矩生意人。此举效果的确不错。士兵挥挥手就放行了。

终于,我们踏上了北上延安的路程。

## 第三章　越水翻山

我在那些天里所做的日记,仅仅简明扼要地勾勒出了在西安停留期间的粗线条轮廓。

本来我曾十分渴望,假如能用更多浓郁的笔墨,对旅游胜地的风土人情做出生动细腻的描写,或者刻画出晚餐桌上在灯下对酒当歌时,人们所展现的粗犷豪放的欢乐,那该有多好啊!

我甚至也曾希望,能够毫无保留地记录我们所遇到的某些人,例如那个化名为谢荣(Tse Jung)的隐秘人物。他是我们在西安城里的联络者。我们随身携带的介绍信,就是他所提供的。

一旦出了西安北门,就像换了天地,气氛截然不同了。所有的时间地点,我都一一记录下来了,没有漏掉任何细节。大家携带的照相机也都一刻没闲着,不停地拍摄沿途场景,为我那支铅笔记录下来的内容,配上了一幅幅栩栩如生的画面。

下面的文字,是从我的日记中剪辑摘出的。当时我所采用的现在时语态,如今都保留了原状,未做更改。

**星期五,六月十八日**

出了西安北门,没走多远,道路就分成了两岔。其中的一条路,泥泞不堪,超出想象。路的这端,淹没在一大摊泥水中,面积足有一个小湖那么大。

当地一个开杂货铺的男人告诉艾飞说,通往三原的那条路,就在这摊泥水的尽头处。

因此,我们的汽车像发了疯似的,在这摊泥水中上窜下跳,跌跌撞撞地前行,刚钻出来一个坑,便又陷入了另一个。这大概是个小小的预兆吧,暗示了我们接下来将要面对的没完没了的挑战。

那天上午,大家兴致勃勃,士气高涨。即便偶尔陷入了过深的泥水坑中,也还能沉着应战。时不时地,我们就会把车子停下来,让引擎降降温,然后再继续朝前开。

就这样,我们兴高采烈地在路上开了一个多小时。那时谁也没料到,我们需要耗费上整整四天的时间,才能最终看到延安的影子。

抵达草滩(Tsao Tan)渡口时,还不到中午。这是渭河的一条小支流。有人站在路旁,朝我们摆着手大声喊叫:"过不去!"

看着眼前的景象,我们一个个都呆若木鸡了。

这条支流的水,通常是很浅的,裸露的河床几近干枯。平日若想在草滩渡口赤足涉水，可说是易如反掌。但今天这个时刻，从上游汹涌而至的混浊的泥水，竟然达到了一米多深。

河岸两旁，聚集着人群、牛车，还有自行车。但无人胆敢顶着没过胸口深的波涛渡河。开着汽车过河？那更是连想都不敢想。

听说几英里之外的下游还有一个渡口，于是我们便驱车朝那里赶去。但是，河边的道路实在是糟糕透了，车子根本开不过去。无奈，我们只好又掉转车头，返回了草滩。

再次认真打听之下，我们才了解到，即便我们真能把车开到下游那个渡口，也无法过河。因为在那个渡口摆渡的驳船非常小，根本装不下我们这辆汽车。

在草滩渡口附近的一个村庄里，我们搞到了几碗汤面、几杯冷茶，坐在汽车旁，凑合着打发了午餐。

在一筹莫展、无计可施的情况下，那天下午就显得格外漫长难熬了。大家勉强地翻翻书，或者打打桥牌，可谓度日如年。

欧文和艾飞这两个人，除了唱唱民间小调之外，也给大家讲故事，绘声绘色地描述他们在中国各地旅行时的各种冒险和奇遇。我则趁此空闲之际，补写漏下的日记。

有那么一阵子，大家的注意力都被一种罕见的景观吸引住了。一架飞机正从我们头顶的天空中嗡嗡飞过。

后来到了延安，我们才得知，那架飞机上坐着的人，恰恰是周恩来。他当时结束了在庐山牯岭蒋介石的避暑别墅里举行的国共会谈，正在返回延安。

天色暗了下来。我们围坐在汽车旁吃晚餐。有煮鸡蛋、饼干、奶酪，外加罐头水果。饭后百无聊赖，大家只能早早入眠。

我们把蚊帐展开来，从车头一直铺到了车尾，把整个车身都罩得严严实实的。

河水滔滔不绝，一直在耳畔哗哗鸣响。就这样，我们在渭河畔度过了第一个难忘的夜晚。

### 星期六，六月十九日

还不到六点，我就醒了过来。探头朝车窗外张望，只见河面的浪头依旧很高。

大家勉强吃了些罐头食品，只能在无奈中继续等待。手头仅有的几本书，再次成为了力量的源泉。我和欧文还教艾飞学会了玩一种扑克牌游戏，叫作"五百分"。

每隔上一会儿，就会有人下到河边，去查看一番。终于，情形开始好转了。"河水正在迅速下降。"正如艾飞早先预言过的那样。

日近正午时，救星终于在上游出现了。那是一条面积不小的驳船，努力在水中转动着，缓缓靠近了在岸边等待渡河的人群。

船工们测量了我们这辆汽车的大小之后，发现它刚好能够装上这条驳船。于是，我们把较为沉重的物件都从车里搬了出来。艾飞坐在驾驶座上,发动了引擎,沿着两条颤颤巍巍的木头跳板,小心翼翼地把汽车开上了驳船。过河之后,他又驾着汽车飞快地冲出河边的烂泥滩,一直开到了坚实的路面上。

其余的几个人,可谓八仙过河,各显神通。有的仅穿着短裤,独自蹚水过河;有的让别人背在肩头过河;也有的站在马车上,把我们的行囊堆放在车棚顶部,前面用一匹马奋力拉拽,后面几个人使出全身力气推动着,就这样,全体人员都抵达了河对岸。

我们终于迎来了途中第一个胜利。不过,此时已经进入第二天了,我们才完成了区区十英里的路程。尽管如此,我们却认为困难已经结束了,于是又恢复了愉快的心情。

抵达水流清澈的泾河时,没有遇到太多困难。一条靠纤夫拉拽的大驳船把我们与马匹、牛车,还有很多老百姓,一同都运过了河。

但是,前面的道路依旧泥泞不堪,而且继续遇到一条又一条拦路的河流。

汽车并非总是万能的。如果水深在两英尺以下,艾飞还可以驾着汽车穿越河床,直接驰抵对岸。但如果水深达到三英尺以上,恐怕汽车的引擎会熄火,就只能依赖驳船摆渡了。

我们走着走着,引擎忽然发出了一股难闻的气味。原来,是前车灯的电线被风扇的带子缠住后,锁死了发电机。艾飞只不过用力拽了两下,把电线硬生生拉了出来,我们就又能继续赶路了。

## 第三章　越水翻山

接下来的这段路程,总算没遇到什么太大的障碍。六点的时候,太阳在天边西斜了,我们终于驰入了三原县城。两天来,满打满算,一共才走了二十五英里。

是否应该趁热打铁,继续往前奔驰呢? 当然应该。于是,啃了几口干粮,对汽车稍微做了些修补,七点钟时,我们在薄暮中再次出发了。下一站,将是三十英里之外的耀州城。

关中平原盛夏的夜晚,田野里万籁俱寂,静谧安详。我们在车中哼起了歌曲,一首接一首地唱。其中最吻合当时心境的,便是《跨越最后一条河》那首歌。

这次我们赌赢了。一路顺畅,安然无恙。晚上十点钟之前,我们就赶到了耀州的城墙脚下。

可是,新的困难却浮现了出来。厚重的城门已经紧紧地关闭上了。守城的军人不肯为我们开门。大家商议了一下之后,决定把西安那个地下联络员"谢荣"所写的介绍信拿出来,权且试试看。但我们心里都没底,不知这封信是否真能管用。

没想到,这薄薄的一张纸还显了神通。城门徐徐开启,放我们进去了。

四下里漆黑一团,伸手不见五指。但我们在黑暗中摸索着,终于找到了一家小客栈。总算是饱饱地享用了一顿有中式炒菜的热饭。

客栈里供人睡觉的地方,是一铺十分宽敞的大炕。可惜整晚都有臭虫跳蚤肆虐,尽管我们往炕席和被褥上撒了很多驱虫粉，也丝毫不起作用。

第二日清晨，我们在客栈周围转悠了一会儿。从政治方面来看，耀州虽是一座古老的城镇，但显而易见，共产党在此地已产生了足够的影响力。所以，我们掏出来那一纸介绍信，便能够获得卫兵的允许，长驱直入了。

我们在街头看到了几个红军士兵。但更多的士兵却属于杨虎城的旧部。杨将军在1936年12月时参与了西安事变。

有一家店铺里面挂着毛泽东的照片。另外有两家则挂着斯大林的。

## 星期日，六月二十日

开始重新装车了。车里被行囊塞得满满的。还不到七点，我们就再次上路了。

虽然途中也遇到了一些令人焦急的时刻，但这是北上旅行中最为顺畅的一天。我们已经逐步攀登上了黄土高原。触目可及，皆为光秃秃的沟壑与山峦。

快到中午时，道路两旁的山峰越来越高了，但也出现了不少低矮的灌木丛，为高原增添了一些青绿的色彩，看上去赏心悦目多了。

在一个叫"中堡"（Chungpu）的村子，我们停下车来，坐在路旁吃了午饭。大家心中都很愉快，因为在六个小时之内，我们竟然把八十英里的路程一股脑甩在了身后。

## 第三章 越水翻山

可惜，从这天下午开始，好运气便离开我们，不辞而别了。

汽车在黄土高原上盘旋，翻过来，绕过去，忽上忽下，一会儿在沟底，一会儿在崖畔。

最后，造成麻烦的，再度是河流。我们每次沿着山路冲出山口时，就不得不跨越一次洛河。

第一次过洛河时，颇为顺利，仅仅花了五角钱，驳船就把我们运过去了。不过，汽车轮子碾过跷跷板上船的时候，因为颤抖得太厉害，还是着实让人捏了把汗。

据传，洛河上游降了一场暴雨。结果，在我们第二次跨越洛河时，就赶上了麻烦。

河上的木桥已经被滔滔巨浪冲塌了。大水淹没了两岸。好在水还不太深，尚未超过两英尺的极限，汽车还能试着开过河去。于是，我们卸下了车中的行囊，背在身上，小心翼翼地涉水过河。

汽车在河水中还算顺利，岂知快到岸边时，却被山崖上滑落下来的大片淤泥阻住了，深陷泥潭，无法动弹。

我们绑上了绳索，拼命拉拽，还有很多人也一起帮着推，却都无济于事。最后，我们套上了一头公牛。它的力气确实比人大得多，总算把汽车拉出了泥潭。

接着在黄土高原上奔驰时，我们经历了这一天里最后的一场惊吓。

山顶上的一条道路遭遇了塌方，道路两旁的土层都滑脱了，仅留下一条十分狭窄的路面，瞧着就让人心生恐惧。

于是，大家都下了车，睁大眼睛，屏住呼吸，盯着胆大心细、遇事不慌的艾飞，一寸一寸地，把汽车挪过了那段命悬一线的路面。

傍晚六点半时，我们抵达了一个村庄：交道镇（Chiaotao-chen）。这里有红军骑兵在防守。听说，前面的路段也受到了山洪的影响。于是，我们决定不再冒险犯难，就在镇上过夜。

这一天的收获实在不小，结结实实地赶了一百二十英里的路程。估计下一站就能直抵延安城了。

在哪里躺下睡觉呢？大家商量了一会儿，决定就在城门楼上面士兵们值班守夜的哨所里度过这个夜晚。

我们把自己的被褥拿出来，铺在房间里那张土炕上时，最为提心吊胆的，莫过于沾染上跳蚤虱子这类东西了。

但那晚的饭食堪称不错。桌上摆了好几碟中式炒菜。还拥上来了一大群老百姓，围在旁边，好奇地打量着我们。

那晚在炕上躺下来之前，我抓紧时间补记了日志。

## 星期一，六月二十一日

清晨五点半时，大家就都爬起来了。匆匆往肚子里灌下几杯热茶，便立即动身了。

但是，这天的行程，从一开始就颇为不顺，挑战频频，险象环生。结果，都到半下午了，一共才走了四十英里，仅仅赶

## 第三章　越水翻山

到了甘泉。

黄土路上横着一道又一道既宽又深的沟。跨越这些沟壑的难度，丝毫不逊于渡河时的艰辛。

在一座陡峭的悬崖边的土路上，汽车险些就要翻倒，落入深不见底的沟壑里。

有一次，车轮陷入了烂泥中，轮子空转了半天，汽车却纹丝不动。直到我们找了很多人来，才齐心合力，把车子拽了出来。

紧接着，便需再次渡过涨水的洛河。因为水流太深，实在不敢过，我们只好绕道，去了另外一个水浅的地点渡河。

汽车在河床里还算顺当。但是上到对岸，却陷入了泥沼。好不容易挣扎出来后，却立即又陷入了一个更深的泥沼，最后，车子干脆瘫在了悬崖下边，不再动弹了。

过了不知道多久，才有一群红军战士赶来，好歹帮忙把汽车拽了出来。

进入一个小村庄后，我们才坐下来，喘了口气。喝了点小米粥，吃了些煮鸡蛋，草草打发了早饭。

正午时分，再次动身出发后，却遇上了这一天最糟糕的场面。

这回出事的，是那辆汽车。恐怕它也是受够了折磨，无论如何都不肯再卖力了。

当我们穿越了一条大沟，往高处攀爬时，汽车的引擎突然开始噼里啪啦地乱响起来。艾飞惯用的那套安抚手段，此刻却都失灵了。汽车勉强朝前爬动了几米远,便再也不肯挪窝了。

艾飞检查了火花塞,发现它们看上去都没什么问题。输油线不给油,结果艾飞把油线给吹爆裂了。就这样子凑合着,汽车又往前开了短短一段距离,便再次咽气熄火了。

此刻已是十一点了。大家决定,干脆别着急了,就地休息一下也好。

就这样,我们在半山腰上耽搁了整整三个小时。艾飞独自一人围着那辆汽车,前前后后地折腾。我在笔记本上又补充了一些信息。除此之外,大部分时间我们都无所事事,只能耐着性子,站在一旁观看、等待。

四周都是荒山野岭,无处可以购买汽车零件。但艾飞却展示了一位机械师的神通广大。只见他先把启动汽化器取下来,拆开擦洗干净了,接着又摆弄点火器,琢磨了好大一会儿。再接着,他又回过头来,继续对付启动汽化器,最后又整理了节流气阀。

经过这么上上下下、翻来覆去地折腾,谢天谢地,我们终于又能前进了。赖有艾飞的妙手回春,引擎虽仍不够完美,但已经能勉强上路,不敢多求了。

又磨蹭了一个小时左右,我们才抵达了这天的第一个目的地:甘泉。

在这座历史悠久的古城里,我们找到了一家干净整洁的饭馆,美美地享用了一顿午餐。

艾飞也在城里买到了一套新的火花塞。当他往车上安装了火花塞，引擎轻轻地发出欢唱时，身旁围拢了一群人，聚精会神地瞧新鲜。

接近四点的时候，我们离开甘泉，踏上了最后一段旅程，朝着三十英里之外的延安城进发。

终于一路顺畅，再无任何障碍了。两个小时之后，我们便抵达了延安的城门下。站岗的卫兵草草地查验了我们的介绍信后，就挥手放行了。

显然，我们要来访的消息，早已提前传递到这里了。于是，街头便出现了一幅动人的景象。

贾菲和他的妻子艾格尼丝与佩吉·斯诺不期而遇。佩吉起初愣了一下，竟没认出来贾菲是谁，但紧接着，她就突然一把搂住了艾格尼丝，与她热烈拥抱起来。

佩吉把我们一行人带到了交际处（编者注：原作写为"外交部"，应为"交际处"。）所在之处。贾菲夫妇二人分配到了一间屋子，里面有一铺炕。我们其余三人则合住在另外一间。

大家马上打来了水洗澡，里里外外都换上了干净的衣服。这是我们离开西安后第一次有机会清洗自己。过去几天来的噩梦，顷刻间便甩在了九霄云外。

接下来，最开心的事，是享受了一顿十分丰盛的晚餐。食堂炒了好几盘菜犒劳我们。

对我们几个人的欢迎，完全是毫无准备的即兴方式。人来人往的，颇为热闹。大家都无拘无束，随意地聚在一起，嘻嘻哈哈闲扯。来看望我们的人，几乎个个都能说英语。他们彬彬有礼地打听，我们是如何克服重重困难，抵达这里的。

当然，面对这些翻过雪山、跨过草地、从长征中活过来的老革命家们，我们在路上的那点经历，就实在是鸡毛蒜皮、不值一提的琐事了。因此，我们都没有啰嗦，向他们详述途中遇到的那些波折。

毛泽东很早就来到了这里。他和另外几个人一样，一直待到最后一刻才离开。显然，他十分喜欢参加这样的聚会。另外一位引人注目的人物是董必武。他曾是孙中山的老朋友。眼下，董必武正在致力于组建陕甘宁边区的第一个民主选举的政府。

丁玲是位革命诗人和小说家。不久前，她从国民党的监狱中逃脱出来，辗转来到了延安。她和艾格尼丝、佩吉这两位美国女人一起，围绕着女权主义的话题，滔滔不绝地打开了话匣子。

国共两党之间的内战，刚刚停止不久。大家闲聊的主要话题之一，便围绕着如何对待被国民党政府关押在监狱里的那些政治犯。

"全国各界救国联合会"的学生部顾问张先生（Y. H. Chang）说，这个问题需要给予特别关注。该组织的七位领导人至今仍被关押在国民党的监狱中。不过，如今他们获释，应该是大有希望了。因为他们"在时机不成熟时过早展开"的抗日斗争,目前正在转变为国家政策,那就不能再算违法活动了。

(作者注:这七位领导人遭到关押整整八个月之久。在全国抗战爆发之后,7月31日那天,他们终于获得了释放。七君子的其中之一人会见了蒋介石,向他表达了大家的决心,一定要帮助政府抵抗日本侵略。政府随之取消了对"全国各界救国联合会"传播的抗日歌曲所下达的禁令,并允许在电台中播放那些激励人心的音乐。)

没过多久,大家的闲谈就转入了一场即兴表演。从门外进来了几个红小鬼,为大家演唱了红军歌曲。在众人的请求下,艾飞放开歌喉,高唱了几曲他最拿手的蒙古族民歌,一下子就把在场的所有人都震住了。

但这还不够。我们每个人都被要求参加表演。哦,美国人在这种场合,通常都会唱哪类歌曲呢? 真叫我费神。埃德加·斯诺在此前来陕北时,也曾遇到过同样的尴尬场面。但是,谁也推辞不掉中国人的热情好客。

我的记忆中浮现出多年前曾经演唱过的一首歌曲《我的肯塔基故乡》,唱完之后,又唱了一首《跨越最后一条河》,才算交了差。

对我们的欢迎仪式,一直持续到夜深人静方才结束。延安给我们留下的第一印象,是完全出乎意料的。我们对所遇到的一切,都毫无精神准备。一种异乎寻常的轻松甚至是欢乐的气氛，充溢着整个夜晚。这种气氛所留给我们的感受，是难以言传的，而只能去体验。它充满了迷人的魅力，并从此伴随着我们，日益增长。

# 第四章　延安日夜

第一个夜晚，就这样在愉快之中度过了。

送走了所有客人后，大家回到各自的房间里安歇。我独自一人，花了一个小时的工夫，准备采访时将要提出的问题。这是迫在眉睫的事情。

接下来的三个白天，每天都安排得满满当当的，没有留下一点空闲时间。后面的两个晚上，也与第一晚同样，所有的活动都持续到凌晨一两点钟才结束。凡是我们醒着的每一分钟，几乎都有应接不暇的事情等着要做。

鉴于此，我匆匆记下来的这些文字，读起来就更像是目录和摘要了，而非有血有肉、生动详细的描述。幸好还有照相机作为补充，为我们留下了丰富的资料。

对共产党领导人的采访，是我们此行的主要目的，因此占用的时间最多。

延安的景色，与那里的人们一样，也处处令人兴奋、激动。

Yenan in June 1937:
Talks with the Communist Leaders

这里有高大的城墙、潺潺的河流、庄严的佛塔、热闹的街道，经常可见到放声高歌、列队而过的红军队伍。

我脑中不停地翻腾着一个念头：这里，就是中国共产主义运动的心脏。

在我们到来之前，鲜少有外国人涉足过这片土地。当然，埃德加·斯诺算得上是妇孺皆知的外国人了。他来过陕北之后，已经为报纸和杂志撰写了一系列新闻报道。但是，那部著名的《红星照耀中国》，此刻尚在撰写的过程之中。

毛泽东和他的同事们都十分慷慨地奉献出了自己的宝贵时间。我们的到来，可说是正逢其时。除了在距此颇为遥远的中国南方某些地方还有一些零星的战斗之外，国共之间基本上已经消除了战火硝烟。

统一战线的谈判，进展得十分顺利。在抗日战争正式打响之前的这个月里，不论在延安还是在中国其他地方，到处都蕴含着一种寻求政治上安宁、平静的气氛。

**星期二，六月二十二日**

我们在延安的第一个早晨，访问了中国人民抗日军政大学。这是中国共产党抗日斗争的主要机构。

在途中，我们的照相机抓拍到了一支正在行进中的红军队伍。

进入抗大之后，便再次遇到了一个惊喜。朱德正在那里给

## 第四章　延安日夜

一个班的学员们做报告。这是我们第一次看到这位红军司令员。他体魄强壮结实、五官轮廓鲜明，与我们心目中的想象十分吻合。

看到我们，朱德很快就中断了他的讲话，来到大门口，与我们一一握手，并配合我们的要求，与大家合影留念。其中一张他单独拍摄的照片，可以算得上一幅绝佳的肖像，展现出他在四十九岁的年纪上，依旧神采奕奕、充满活力。

快到中午的时候，我们已经与好几位抗大的学员和教师进行了交流。他们的精神面貌和高昂的士气都给人留下了深刻印象，与身旁那些空旷简陋的宿舍和课堂，形成了反差巨大的鲜明对照。

看着眼前的这些人，还有他们的生活环境，我突然生出了一种奇妙的感觉：这些人正在全力以赴地准备着，一旦抗日战争打响之后，他们将立即承担起延安的突击队重任。

我们失去了和抗大校长林彪见面的机会。他在骑马时不小心跌落，严重骨折，正在养伤。

对毛泽东的采访，花去了很长的时间。但这是我们的重头戏，所以用了整整一个下午的时间。

毛泽东在他那间简朴至极的窑洞式书房里会见了我们。那个时候，他所居住的地方就在延安城的山坡上边，来去十分方便，而不是后来因为轰炸而被迫分散到周边地区的那排窑洞。

毛泽东的书房不大，我们几个人，再加上翻译，就挤满了

Yenan in June 1937:
Talks with the Communist Leaders

51

整个空间。

到这个时候，我们已经习惯了延安那种无拘无束、亲切随意的气氛了。在毛泽东这里停留时，又额外增加了喝茶聊天的乐趣。一切都像是不紧不慢的，但一切又都是严肃认真的，没浪费一分一秒的时光。

毛泽东不失时机，立刻就开始了谈话，并始终对谈话起着主导作用。但他自始至终都注意着，让这次采访以问答的方式来进行。他每说上几句话就会停顿下来，让那位出色的英文翻译转换成英语。这样也给了我充足的时间，去做完整的笔记。

毫无疑问，在国共两党最近所讨论的统一战线的问题上，毛泽东肯定反复多次地处理过各种各样的提案和争议。然而，考虑到他此刻是在一个非官方的场合，几乎就像是在和普通人闲聊那样，所以，这种采访形式本身，就为我提供了一次绝佳的观察机会，足以见证毛泽东清晰的头脑和知性力量。

如今回首往事，记得1937年的秋天，当我离开延安，回到北平后，第一次着手整理我的笔记时，那时就感到，如果有朝一日我打算把这些采访时记录的段落编辑成书出版的话，甚至根本用不着做任何修改，就完全可以发表。

毛泽东那年四十三岁了，身材瘦削，动作敏捷，浑身上下透着一股青春的活力，显示出年轻小伙子一般的气质来。不知为何，他的种种优点和魅力完美得融为一体，再加上他深邃的思想、审慎的态度，竟让人感觉到一种高深莫测。

## 第四章 延安日夜

更出人意料的是,他会在每次采访开始时,突然间抛出来一串连珠妙语,既生动又幽默。虽然我没能记录下来,但岁月如梭,这么多年过去了,他的谈笑风生、潇洒自如,却依然深深地刻印在我的脑海中,鲜明如初。

这个下午的采访开始时,毛泽东让我们每个人先各自介绍一下所从事的工作。当我们中的一人提到,菲立浦·贾菲先生是经营圣诞卡的批发商时,毛泽东便脱口而出道:"上帝保佑你的圣诞卡生意兴隆啊!"

那天的晚饭,是在朱德家里吃的。他的住处,比毛泽东的略微宽敞,布置得也稍微像样些。一同就餐的人包括毛泽东、周恩来、博古,还有其他人。

吃完饭后,大家一面等候去剧院看演出,一面在晚霞映照的院落里参观浏览。

夜幕下垂之后,我们大家一起走到了剧院。那是一座高大的房屋,外表就像美国农庄里常见的谷仓一样。里面摆放着能坐几百个人的长条板凳,还有一座不小的舞台。

表演的节目丰富多彩,有一半是戏剧,另外一半是五花八门的各种艺术形式。被当地人称为"红小鬼"的少先队队员们表演了几个活报剧。还有在中国竹笛伴奏下翩翩起舞的芭蕾选段。也有高尔基的话剧《母亲》的选场。但是,大部分话剧的内容都反映出当地的特色。通常都是独幕话剧,也一律都会传达出某种信念。有的是与社会相关的,例如破除封建迷信旧习俗、提倡锻炼身体讲卫生。也有的携带着政治色彩，例如反对日本侵略、提倡民主选举和全国结成统一战线等等。

毛泽东、朱德、博古和我们几个人坐在一处。大家和全场观众一样，对每个节目都报以热烈的掌声。

那天晚上还有一个观众：张国焘。我们是在演出结束后，在舞台后面遇到他的。

这个人物的经历，说明了中国人和俄国人在政治方面的不同特点。张国焘因为反对在统一战线上对革命原则做出妥协让步，因此，那段时间他在延安颇不得志。但至少当时就我们所看到的情形而言，他的行动并没有受到什么限制。（编者注：原作评价。与历史史实有出入。）

1938年，张国焘被开除出党后，他悄悄地离开延安，去了汉口。他在那里曾短期与其他一些党内异见人士合作，但后来又转赴香港和美国了。（编者注：此作者记述与史实不符。实际情况为：1938年4月，时任陕甘宁边区主席张国焘利用祭黄帝陵机会离开延安，在国民党胡宗南部协助下逃至武汉，并书面声明脱党，之后中共中央作出开除其党籍的决定。）

（作者注：张国焘与共产党的分裂需要追溯到很久之前。毛泽东和张国焘早年曾经是朋友。他们均为中国共产党的奠基人物，并曾在某些时刻争夺过革命的领导权。在长征途中的某个关键时刻，他们二人之间的分歧曾导致共产党的前途岌岌可危。张国焘没有参加在贵州遵义召开的那次会议。而毛泽东就是在那次会议上被确立为中国共产党领袖的。后来，在四川时，张国焘拒绝让他的部队与毛泽东的部队一起去陕北。此举曾经造成红军内部险些分裂的危机。然而，事情后来的发展，迫使张国焘改变了自己的主张。最后，对他这种分裂行为所进行的批评卓有成效，两方面的红军部队才终于在1936年秋天在甘肃会合了。）

毋庸置疑，在我们对毛泽东的采访中，谈到他与张国焘的分歧意见时，毛泽东曾数次提到托洛茨基分子。

今天，毛泽东对自己的著名观点做出了新的阐释，"反对帝国主义也需要讲策略"。这一观点一经提出，便立即引发了党内更多的争论。其结果是导致林彪取代了张国焘的地位。（编者注：作者个人观点。）

**星期三，六月二十三日**

昨天在剧院观看了文艺表演之后，拖到很晚，大家才上床休息。所以，今天吃早饭时，众人姗姗来迟，耽误了点时间，也是情有可原的。

我们醒来时，外面正下着瓢泼大雨，致使延安街道上泥泞难行。大家不由自主地开始担忧起来，回程的路况，将会遇到哪些考验呢？

上午十点钟前后，我们来到了朱德那里，对他进行访谈。这是我们此行的第二个重要采访。他那种开朗、亲切的性格总是让人感到快乐。和他见过这么几面之后，我们大家差不多都生出来一种愿望,很想以他为良师益友。

朱德年轻时曾在欧洲留学数年,主要是在德国居住。但他好像丝毫没受到欧风的熏染。我们为他所拍摄的照片清楚地显示出,他的面孔,是中国革命运动中一张地地道道的农民的脸庞。他的言谈话语通常也是简明扼要、直截了当、清清楚楚的。这对做笔记的人来说,实在是个福气。

在朱德的住处,我们第一次见到了徐向前。当我们的采访接近尾声时,徐向前迈入了朱德的房间。

他们俩其实都是军事家,所谈之事也都是军务方面的。但不同寻常之处在于,这些军事家轻而易举地就偏离了他们的本行,转到政治问题上来了。而且,政治竟然也成为了他们的工作重心。

因为欧文·拉铁摩尔提到了有关新疆的某些问题,于是,朱德和徐向前便取出来一张很大的中国西部地图,与我们进行探讨。当然,所涉及的那些问题,也都是与政治息息相关的。

虽然红军在眼下没有进行任何战斗,但红军的存在,仍然可以为毛泽东的名言增添上一条诠释。对于1937年延安的领导人们来说,"我们的原则是党指挥枪,而绝不容许枪指挥党",这句话实乃至理名言。

那天下午,我们的采访对象是博古。他当时的头衔是"中华苏维埃政府西北办事处主席"。

我们和博古所讨论的问题,主要是土地政策、民主选举等

## 第四章 延安日夜

方面的措施。这些有效的政策和措施，将会成为中国内战时期对社会进行改革的决定性因素。

在政治领域里，中国共产党所呼吁建立的统一战线中的条款之一，也包括通过选举产生各级政府的号召。在共产党这方面来看，当时的民主选举方式，正在陕甘宁边区得以落实。

过去近十年期间，在共产党领导下的那些中央苏区，建立苏维埃政权，是人们习以为常的事情。但在眼下，陕甘宁边区正在用民主选举的政府来代替过去的苏维埃政权。

在抗日战争期间，中国共产党从日本人手中夺回了华北的大片领土，并逐步在那些地方建立了很多通过民主选举产生的地方政权。

在经济方面，延安在国共统一战线的谈判中，竭力倡导推行孙中山先生的"民生主义"，提出了温和的农业改良政策建议。当然，这一点其实也符合国民党在冠冕堂皇地要嘴皮子时的主张。

1937年6月时，在共产党所领导的这些新地盘里，崭新的农业政策已经完全得以实施。这些新政策取代了没收地主土地的革命性政策，变为强制推行减租减息的政策。地主们如果愿意遵守规定，那就欢迎他们也加入到抗日斗争的阵营中来。

博古的谈话清楚地阐明了，共产党的统一战线主张，从广义上来看，追求的是社会进步的民主共和制。共产党正是以此来作为他们对抗日战争的鼎力支持的。

共产党这些主张如果要想获取成功，就需要与蒋介石政府

## Yenan in June 1937: Talks with the Communist Leaders

进行合作。但是，在国民党统治的那些地区，蒋介石既没有实行过民主选举，也没有对地主阶级的剥削压迫和勒索行为采取过任何限制措施。

欧文·拉铁摩尔独自一人留了下来，与博古进一步深入交谈，以便了解共产党在陕甘宁边区的少数民族政策。其余的人则随我一道去了毛泽东那里，对他进行第二次采访。

毛泽东对即将到来的中国社会主义革命，发表了极为坦率真诚的看法。毛泽东认为，这场社会主义革命是必要的，也是必将会发生的。

这天晚上，是我们唯一一次在自己的住所里用晚餐。晚餐之后，我们与周恩来进行了一次漫长的谈话。谈话一直持续到深夜。

周恩来正在处理国共统一战线方面的谈判。这要占用他相当大的精力。因此，我们和他碰面的机会，远远少于其他领导人。

他留着胡须，是个干净利落、衣冠整洁的人。普普通通的红军军装穿在他身上，却能显示出卓尔不群的风采来。从表面上看去，他像个知识分子，但实际上，他却和其他人一样，也是个老牌共产党员。在他从事地下工作的那些岁月里，曾多次虎口脱险，与死神擦肩而过。

他也参加过艰苦卓绝的长征。但从他的气质来看，与青年时代在欧洲留学的那段经历，倒是颇为吻合的。

## 第四章　延安日夜

周恩来说，他愿意用英文进行采访，因为他需要练习。我们用英文开始了交谈。但很快就还是转为中文了。

直到此刻，我们才了解到，几天前，我们在渭河畔草滩渡口看到的那架飞机，原来是蒋介石的私人飞机。当时，这架飞机正在护送周恩来从庐山牯岭返回延安。

这天夜里，提到国共统一战线谈判中的原则性问题时，那些一直对外界隐瞒着的谜团，在顷刻间就云开雾散了。

周恩来十分乐意、也非常迫切地想要向我们提供事实，就连那些国共双方尚未达成共识的一些微妙的细节，他也毫无顾忌地和盘托出，摆在了我们面前。

从另一方面考虑，假如蒋介石想要对谈判的内容进行保密的话，他也有充足的理由那样做。哪怕只是为了对付国民党内部右翼分子的反对，他也必需保密才行。

至于日本人，则可以肯定地说，那个阶段在中国所发生的一切，事无巨细，没有什么是能够瞒得过日本人眼睛的。

尽管在此之前，通过对其他几位共产党领导人的访谈，我已了解到了不少关于国共统一战线谈判中存在的问题，但是，周恩来所提供给我们的有关谈判中的那些细节，还是足以令我们感到惊讶。

这是我们第一次完全了解到，谈判在当时已经进展到十分深入的程度了，而且，在某些关键问题上，国共双方已经接近达成协议了。

**星期四，六月二十四日**

这是我们在延安的最后一天了。

那天早上，我们经历了来到延安之后最为紧张的一场考验：面对一大群人作讲演。

会议的组织者是红军队伍里的指挥员。听众则是正在参加培训的军人。朱德亲自担任会议主持人。

这次露天讲演的场景气势宏大、蔚为壮观。在一块十分宽敞的平地上，聚集了数百名身穿军装的人们。他们多数席地而坐，少数人坐在长条板凳上。最前面，摆放着一张普普通通的木头桌子，供讲演者使用。延安那座著名的宝塔，就在不远处的山顶上俯瞰着我们。

在讲演的过程中，我们时不时地就会停顿下来，以便我们的讲话被翻译成中文。首先发言的是菲立浦·贾菲，然后是我，最后一个是欧文·拉铁摩尔。

我的笔记中没有留下来当时我所说过的话。事后竟然也丝毫回忆不起来了。迄今为止，我仅能记得其中一个微小的细节，而那个细节却恰恰证明了，人的大脑是如何运转的。

在我的讲演中，那位中国翻译所使用的一个中文词汇"中间"，强烈地吸引了我的注意力，结果，那个词汇萦绕在我的脑中，令我终生难以忘却。就因为有这么一个微小的线索，我才能在事后逐渐回忆起来，当时在讲演时，我曾经说过这样一句话:"在延安,我们是站在全中国乃至整个亚洲反对殖民主义、反对封建主义的革命运动的中心。"

对红军部队的讲演活动结束后,我们回到自己的下榻之处,轻松愉快地享用了一顿中式午餐。

这天下午,欧文·拉铁摩尔花费了不少时间,与延安的一些少数民族人士聊天。他们中有蒙古族、藏族、回族等多个不同的民族。

我们其余几人则跟随着朱德,去中共中央党校参观。陪同我们的是党校的校长罗迈,也就是李维汉。我们参观了那里的教室和宿舍,发现其陈设和装备都极其简陋匮乏。学校里可供阅读的书籍少得可怜,也没有任何教学设备。

这所学校设立在一所天主教会的旧教堂里面。显然,这样的安排,双方都可以接受。我们了解到,统一战线的条款中也包括了对宗教采取的政策。所有的宗教机构都将享有自由。这与共产党在江西和福建以及其他苏维埃地区时所采取的宗教政策,已经是截然不同了。

中国共产党与延安那一带的天主教传教士之间的关系,似乎颇为融洽、友好。从国外邮寄到延安、给共产党的书刊,可以寄到下面的地址:中国陕西肤施(延安旧称)天主教堂。

从党校回来后,我们又去参观了延安的汽车学校。在那里供作展览之用的,是一辆福特牌轿车。不过,这所学校的主要功能,是修理红军部队的那些大卡车。

Yenan in June 1937:
Talks with the Communist Leaders

几天来，还有个小插曲，与我们每个人都休戚相关。

毛泽东一直在百般劝说，试图让艾飞·希尔留下来，让他负责管理延安的那一堆汽车。但是，艾飞一直不愿意，没有同意。

我们这伙人都心存愧疚，因为我们没能为毛泽东的麾下增添一名身怀绝技的新兵。不过，考虑到回程时将要面临的种种艰难险阻，我们又全都偷偷地松了口气，暗自庆幸。

下午的参观活动结束后，我们在延安的任务就算大功告成了。

行囊都整理好了，全部塞入我们最珍惜的那辆汽车之中。在车子两旁，依然灌满了足够的汽油。衷心希望我们能平安顺利地返回西安城。

毛泽东、朱德、周恩来，还有博古都来了，为我们送行。大家互相交换着美好的祝愿，然后就挥手告别了。

空气中，依然洋溢着那种无拘无束、轻松随意的气氛，一切都没有改变。然而，此时此刻，那种气氛却更深地感染了我们每一个人的心扉。

告别的时刻，仓促且短暂。我们踏上归程时，也是随随便便的。在延安的这几天，实在是过于繁忙了。无论是走马观花，目不暇给，还是深入思考每件事物的意义所在，都在我们脑中刻下了太多的印痕，来不及一一消化。

但是，我坚定地相信，对这次访问的反馈和思考，终将有一天，会重新浮出水面。

# 第五章　边区概况

我们在往返延安的十天路程中，有机会对共产党控制下的大片区域投去了匆匆一瞥。但这些印象都短促匆忙，稍纵即逝，根本无法与埃德加·斯诺当初的做法相提并论。在1936年时，斯诺曾对这一带进行过相当广泛深入的采访。

这种差距，通过我们对博古的访谈，算是得到了一点弥补。因为博古当时是陕甘宁边区行政管理部门的主要负责人。我把对他的访谈按照主题划分成了三个部分。我也保留了他当时所采用的第一人称叙事口吻。

在1937年春天所制定的这些统一战线的条文中，关于政策实施的那些细节，极为有用。

## 背景简介

陕甘宁边区在许多方面与我们以前的苏维埃地区很相似。

## Yenan in June 1937:
## Talks with the Communist Leaders

这些地区往往都是建立在几个省的交界处。另外，它们都处于交通不便的深山区。

但我们今天所在的边区，与以前的中央苏区又有一个不同之处。陕甘宁是最贫困的地方，远远不如物产富饶的江西根据地。

这里人烟稀少，人口仅有一百四十万。经济来源几乎全部依赖在山沟里一小片一小片零星种植的农作物，另外还有在高山悬崖上开垦出来的梯田，作为补充。在陕北的延长县那一带虽然有油田和煤矿，但是产量不高。如果能有更好的技术，肯定会提高产量的。

（作者注：博古对当地贫瘠状况的评价，在当时来说，是令人吃惊的。1949年之后，华北的矿产资源，包括蕴藏丰富的油田，都得到了开发和迅速增长。）

我们是从1935年到1937年之间，零敲碎打地啃下来陕甘宁边区的。但在此之前，已经有共产党的小股部队在一些地方活动了。

在陕西省，我们首先占领的地方是北部地区。刘志丹的部队在1935年10月就占领了瓦窑堡。1936年春天，红军占领了保安之后，那里就成为边区的第一个首府了。

（作者注：埃德加·斯诺1936年就是在保安采访了共产党领导人的。）

那个时候，延安还是国民党部队驻守的地方。我们围攻了延安大约十八个月之久。直到西安事变之后,延安城里的国民党部队才撤离了。于是,我们在1937年初就进入了这座城市。

　　与此同时,我们的部队也打到了延安的南边,占领了三原和耀州那一带。另外,1936年秋天,抵达甘肃的红军长征部队也使甘肃和宁夏的一部分地区纳入了我们的边区。

土地政策,税收制度,互助措施

　　在我们来到陕北之前,这里的土地制度完全是由地主们掌控的。土地本身并不是真正的问题所在。因为陕北人烟稀少,土地面积相对来说是很宽裕的。但是,最好的耕地基本上都被地主霸占了。

　　地租太高、利息太高,这才是最严重的问题。从很多方面来看,地主就是高利贷盘剥者。他们放债、开当铺、对耕牛和农具都要收取租金,月息甚至高达百分之十。

　　如果想帮助农民摆脱被剥削压迫的境况,同时又不采取把田地分给农民的那种做法,那么,在全中国的大多数地区,要开展这方面的工作,都是极为困难的。

　　1930年的时候,延安遭受了严重的饥荒。结果造成了更多的土地被集中到少数人的手中。地主们占有的土地,大多是河边那些容易浇灌的良田。山坡上的土地十分贫瘠,基本上没人愿意。如果有谁想要的话,他可以把整座山头都占为己有。

刚一开始的时候,我们在边区占领了一些地方之后,就会没收地主的田产,分配给贫困农民。农民们就会组织起来,成立起民兵队伍,保护分给他们的家园,与过去由地主豢养的民团做斗争。

分田分地的做法,是以村庄为单位来进行的。从地主那里没收来的田产,要由村民们决定后,重新分配给贫农和中农。分配完之后,农民会拥有这些土地的私有财产权,但是有一点例外。一般说来,每个村庄都会留下来百分之五的田产,作为公田,由大家集体耕种。公田里的收成,会用于办学校、修路、架桥,以及其他为村民服务的活动。

这种民主革命性质的土地政策,没收了大地主的田产,进行重新分配,但是在1936年12月西安事变之后就停止了。从那以后,在所有共产党新占领的地区,我们都采取了统一战线所规定的土地政策。

(作者注:这一政策在陕西省南部除外。因为在陕南,那些共产党新占领的地区面积都较小。在抗日战争期间,那些地区才开始逐渐扩大。但在华北建立的大部分游击根据地,统一战线的土地政策都得到了贯彻实施。)

这样一来,就不再会没收田产并进行重新分配了。但是,地主们必须要严格遵守一些特殊规定。地租都被降低了,最多不能超过三成。以前的地租常常会高达五成之多。农民有权利和地主协商租金的比例,只要不超过最高界限就可以。高利贷盘剥是绝对禁止的。利息最高不能超过月息百分之二。另外，在城镇里的房屋租金原来非常高，现在也都降低下来了。

如果人们能够看到中国农民所遭受的地主的残酷剥削，那我们就用不着为没收土地重新分配这种革命政策进行辩解了。当然，今天我们已经采取了新政策。为了建立抗日统一战线，我们希望也能争取到地主们的支持，而不是与他们为敌，和他们对立。

目前看来，我们陕甘宁边区这些地主的情况，并不是简单的非黑即白的那种状态。当初我们把他们的田产分掉时，不少地主已经逃走了。有些比较小的地主没有逃走，留了下来，因此他们也和农民一样，分到了一些土地。

在我们近期新占领的一些地区，那里也有地主，但我们没有再采取分田分地的政策，而只是制定了新的规章制度。

还有一些人，他们自己动手，开荒种地。他们的财产权利，当然都是得到承认的。

在目前形成的全国抗日统一战线中，地主也是有他们的位置的。当然，那种位置绝不能是剥削农民的位置。在东北的抗日义勇军的经验告诉了我们，即便是地主，也能参加反对日本侵略者的斗争。

我们感到，减租减息甚至分田分地，其实也无法保障农民的生计。他们还需要更多的帮助，尤其是眼下，特别是在这个经济状况十分糟糕的地方。

去年冬天，我们这里的情形是极其严峻的。国民党驻军从这里撤退的时候，在陕北搞了许多破坏。边区的主要城镇都被他们炸成了废墟。

在1935年和1936年时，我们的军队供需十分紧张。那时我们曾经采取过一些应急措施。最主要的是通过征税的办法。但是那种做法对农民来说，与交租金和付利息一样，都是难以承受的沉重负荷。

1936年时，我们把所有的税务都免除掉了。现在是1937年，因为军事活动已经结束了，我们就没有征收任何新的税赋。

除了农田里的收成之外，陕甘宁边区基本上没有什么能够成为征税的资源。唯一的例外是陕北的盐池。盐池的产量很高。我们对这个地方征收的盐税，只是国民党过去征收的五分之一。但我们把收益的一半以上都转交给了北边的蒙古族人。

（作者注：这种税收安排，也许只是过渡性的。因为博古在后面提到，盐池也被转交到蒙古人手中了。）

正如你所暗示的，我们的财政收入确实不多，但我们的行政支出也很少。边区几乎没有什么政府官员，即便有，他们的薪水也非常低。

此外，南京政府眼下为我们在编的正规军队提供了大部分的军饷。从某种程度上来说，我们的军队是属于自给自足的。有些部队还负责耕种村里预留出来的公田。

我们也采取了一系列帮助农民的措施。既有短期的，也有长期的项目。在那些由于受灾而颗粒无收、陷入饥荒困境的村庄，我们会直接发放救济款。今年我们发放的救济款就达到了六万元，主要用于从山西省购买粮食。

（作者注：这些数字是中国货币，远远低于美元的价值。）

我们也敦促国民党的赈灾委员会，让他们给陕甘宁边区的受灾农民提供援助。他们答应了，但迄今为止，一共才给了九千元。受灾的六个县份，每个县仅仅分到了一千五百元。

总的来说，我们想方设法，才避免了严重饥荒的出现。在周边的国民党统治区，那里仍然是地主们掌握政权，压榨和腐败的现象十分猖獗，情况比我们这里要糟糕得多。

我们也在关注如何提高农田的效率和产量，考虑如何解决农民更基本、更长远的需求。

边区政府为农民所提供的帮助，也包括修整农田和建立互助组。去年，我们给这些互助组提供了十万元，供他们购买犁头、种子、耕牛，还有其他农具。今年，我们已经拨出了同样数目的经费，用于上述各项开支。

在陕甘宁边区帮助农民建立互助组的工作，在近期已经初见成效了。到目前为止，这些互助组的形式，还仅仅是简单的传统意义上的"帮忙"，而非按照各自拥有的农田比例，进行收入分配上的计算。

这是属于消费者的互助组。眼下有十万农民加入到了这种互助组之中。另外还有劳动力互助组。他们会在农忙季节帮助各家各户，从事播种和收割的任务。

据说在小手工业者的行当里，也开始出现了生产互助组的形式，例如铁匠和木匠，还有妇女们从事的纺线织布等行业。

## 少数民族政策

我们对国内少数民族最基本的政策，就是强调他们拥有自决权这一原则。凡是涉及与他们直接相关的事务时，少数民族必须应当能够做出自己的决定。在这方面，有不少切实可行的例子。

第一个要求，是在政治上拥有自决权。在以蒙古族、回族，还有其他民族占主要人口的那些地区，他们本民族必须采取自治。在少数民族人口数量很可观的地方，则必须组成能够代表他们的委员会。

第二个要求，是享有宗教自由。对少数民族的宗教活动，不应加以任何限制。例如在对待回民的问题上，就涉及清真寺、阿訇，还有去麦加朝拜等等活动。

少数民族也必须享有语言上的自由。绝不应限制他们使用自己的语言。无论是在学校里，还是在他们的印刷出版物上，均应如此。在这方面，少数民族还应当获得政府在财政上的资助。

不管是少数民族，还是汉族，他们的文化水平都应该得到提高。

最后，在税收领域里，也需要采取特殊的措施。国民党施加给少数民族的各种税赋，无论是官方的还是私下的，都必须取消，然后建立起新的适宜的税收制度。

（作者注：博古所谈的这些问题是特别针对陕甘宁边区的。因为边区所处的地理位置紧邻中国蒙古族和回族人的主要居住区。）

我们的长远目标，是必须改善和提高少数民族的生活条件。这些将要采取的措施，本质上都是正确的，而且是必要的。但是，针对当前国家所面临的危机来说，与少数民族之间的关系，就成为更加特殊的方面了。在抗日斗争中，所有的民族都应当团结一致，共同对敌。

对少数民族来说，今天的抗日斗争是延伸到中国边境之外的斗争。其实，当时蒙古人已经受到了日本人的威胁。我们必须要组织起一个包括所有的蒙古人、突厥人在内的国际统一战线。

当然，你所提到的那些看法是正确的。由于德王（Prince Te Wang）纵容了日本在内蒙古的那些嚣张行为，所以才引起了蒙古族的分裂。从很大程度上来看，这是南京方面错误的政治经济政策所导致的后果。

蒙古人民必须选择自己的官员，而不应当由南京来指定。税赋也应当由蒙古人民自己来征收，并且用于他们自身的需求。

国民党的税收应当被取缔。

直到最近，蒙古人的草原和土地还一直被汉族人所占有着。这些被掠夺的土地造成了很严重的问题，应当归还给他们。

这些都是最基本的、按照我们的计划所制定的原则。但是还必须要有具体的政治措施来维持这些原则，才能达到民主的目标。

在对待蒙古少数民族这个问题上，我们的任务是小心谨慎地对待他们。王爷们会受到我们的尊敬，也会得到我们的帮助。但绝不能造成那样一种结果，使他们获得的权力反过来导致他们去滥用权力。

所以，一方面，我们要与蒙古地区合法执政的王爷们并肩携手，一起工作，为他们提供正式的援助，送去武器和装备。但要赢得他们的信任，也并非轻而易举之事。他们不信任汉族人，是情有可原的。

我们现在正在把盐池全部归还给蒙古人，但他们却担心这是在耍花招。所以，我们的一系列政策必须要能够证明，共产党是支持蒙古人的，而不是反对他们的。

另一方面，我们除了与王爷们合作，也要与蒙古的人民大众合作。我们必须建立起蒙古的人民群众运动，才能有足够的力量去保护人民的需求。

举个例子说，一些汉人小商贩经常接触的那些蒙古人，其实不是王爷们，而是普普通通的蒙古族老百姓。这些小商贩就向我们打听过，是否可以带一些蒙古人来延安，和我们商讨问题。

那些来过延安的蒙古人，并非王公贵族，而都是底层的平民百姓。但是他们也有自己的影响力。正是因为有民心所向的巨大压力，才防止了乌审旗（Wusun banner）最近对鄂托克旗（Otok banner）发起的进攻。

我们觉得，在努力保护蒙古人民不受王爷欺压的同时，也必须做到争取王爷们也能加入到抗日斗争的行列里，而不是把他们推入日本人的怀抱。这一点我们是能够做得到的。

我们要避免像德王的那种事情再次发生。德王反抗南京政府试图强加于他们头上的那些规定。主要是因为国民党的错误政策把他推开了，他才投靠了日本人，与日本帝国主义合作，利用蒙古民族主义来反对南京政府。如果南京政府采取了正确的决策，这种现象本来是不会发生的。

## 第六章　抗大见闻

1937年6月，当我们来到这所著名的战争期间的共产党学校参观访问时，统一战线才刚刚诞生了数月之久。然而，这所大学却早已声名鹊起，并很快就将成为全中国革命青年心目中的一座灯塔了。

这所学校的全称"中国人民抗日军政大学"完美地呈现了它所代表的涵义：这是一所中国人民进行抗日斗争的机构，致力于军事和政治艺术方面的教学。

之所以创办这所新型学校，是为了配合统一战线的特殊需求。1937年时，统一战线是共产党的首要任务。这所学校也是从共产党已有的经验中衍生出来的。

1936年7月，埃德加·斯诺在保安的时候，曾亲眼看到过该所大学的前身，那时还叫做红军大学。这个名字显示出，该所学校当时属于革命运动的一个机构。这场革命运动不仅拥有自己的军队和政府，也拥有学校。

## 第六章 抗大见闻

1937年初，红军大学被更名为中国人民抗日军政大学。那时，陕甘宁边区已经建立了，学校也从保安搬到了新的首府延安。对这所学校名称的更改，象征着某种意义深远的变化。在短短数月的时间里，中国已经迅速地形成了在南京和延安之间的抗日联合阵线。

此时，该学校也做出了另外一个改变，但是很多人都没有注意到这一点。保安的那所红军大学，实际上被分成了两个部分。只有高等的那部分搬到了延安，而在甘肃庆阳的一个村庄里，另外成立了一个步兵学校。

在庆阳的这所新学校里，学员都是低级军官，从普通士兵、班长，到排长。在延安的这所高等学校里，学员们每天要上九个小时的课。但在庆阳的学校里，则仅有六个小时的上课时间。这两所学校同样都是每星期放假一天。

在庆阳的学校里，每天有两个小时用来学习步兵知识，介绍如何指挥班、排、连队，进行战斗。另外四个小时则都是政治学习，有理论，也有实践。完成了八个月的课程之后，这些学员一般都会返回他们原来的部队去。

对学员政治素质的培训是非常突出的，但这并没有超出中国共产党一贯的做法。庆阳的这所步兵学校与此前的共产党军事培训机构相比，并无太大区别。仅有一点不同的是，如今的政治课教程出现了巨大的转变，开始强调团结一致，共同抗日了。

## Yenan in June 1937:
## Talks with the Communist Leaders

在1937年的头几个月里,延安出现了一个非常独特的教育机构。其特点是,它在最基本的那些方面都背离了常见的做法。建立这所学校的目的,主要是为了满足抗日战争的需求。

抗大是一所级别较高的学校,既培养高级军事指挥员,也培养政治工作人员,以便他们能够前往日本占领区,去组织那里的抵抗力量。建立这所新型学校,主要的考虑是为了培养后一种类型的人才。

这是共产党首次从他们所控制的区域以外的地方招收数量如此之多的学员。这种情况表明,在那个时候,共产党就已经设想到了,共产党的部队很快将要在更加广阔的新区域里运作,担负起组织民众进行武装斗争的重任。的确,这种设想很快就变成了现实。

看起来,不久之后在日本占领区内逐步建立起来的那些游击根据地,早在这个时候,就已经在延安领导人的头脑中酝酿成熟,并开始构建了。

1937年6月时,在抗大就读的学生大概有一千五百名左右。他们来自全国各地,基本上代表了不同省份,也包括一小部分少数民族学员。

这是一个充满了青春活力的团体。将近百分之七十的学员,年龄在二十岁到二十五岁之间。但是,他们仍旧与普通大学生相去甚远。抗大的学员们代表了来自实践的丰厚资源。他们既有直接的军事作战经验,也拥有组织各种政治色彩活动的经验。

## 第六章 抗大见闻

虽然学员们在校上课的时间很短,但是,他们成熟老练、遵守纪律、热情开朗。再加上师资队伍中包括了延安的领导人,因此,这所学校被看作是具有大学的水平。

抗大学生的整体来源,使得这所学校与共产党以前的那些教育机构大相径庭,譬如曾在江西福建苏区开办过的那些学校。大约有三分之二的抗大学员是来自共产党占领地区的部队军官。另外三分之一是从非共产党控制区招收的学员。他们将被培训为政治工作的组织者。

这两部分学员所要进修的课程科目必然是不同的。但他们也有很多相同的课程。相同的部分主要体现在政治方面的培训。培训这类新型学员去承担新的政治任务,这一点并未改变"抗大"的主要作用。抗大仍然是一所军事官员进修的高等院校,而培养地方干部只是第二位的任务。

大约有一千名学员是部队军官和政治委员,或者是政府的高级干部。他们中大部分人的军职是从连长到师长。许多人在战斗中负过五六次伤,大多数人都参加过长征。百分之八十的人出身是工人和农民。但他们几乎全都是共产党员。他们的目标是担任红军中的高级指挥员。

当时,抗大的课程从八个月延长到了一年整。但当抗战全面爆发之后,课程又缩短到原来的八个月了。

在延安,总能看到军队在行进和操练,在街头齐声高歌,或是在附近的田野里全神贯注地演习。我们所看到的训练,多数是小规模的操作，很少有超过连级以上单位的。

然而，抗大的军事研究则集中在对团级以上部队的战略战术培训上。有专门的课程讲述如何指挥最高级别的军队，例如一个团、一个师，甚至一个军。

在一间教室里，我们看到了一些散放着的仪器设备。这表明，研究军事地图也是课程的重要内容之一。在军事知识方面，抗大的教师都是久经沙场、身经百战的指挥员，包括朱德自己。

尽管如此，值得注意的是，课程设置中有相当大的一部分内容仍然是政治方面的科目。其中包括学习马克思、列宁、斯大林的著作，从太平天国开始的近代中国革命运动史，政治科学和政治经济学，还有以辩证法为主的哲学。这些都是军人所必备的知识。

其中一项重要科目，是在政治组织中的实际工作任务和方式方法。这是所有学员都必修的课程，但对将来要从事这方面工作的人员来说，则尤为必要。

后面这一类学员的人数大约有五百名左右。他们成为这所新型抗日大学的鲜明特色。这类学员基本上都是来自国民党统治地区的知识分子。很多人曾经在不同的大学里就读。这批人中一共有大约七十名女性。

这类学员实际上都是成熟老练的政治工作者。有的来自平津学生联合会，有的来自全国各界救国联合会设在各地的不同分部。他们能进入抗大学习，通常是受到了各地党组织的推荐，或者是联合会负责人的推荐。

如果有谁事先没通知任何人就私自跑到延安来的话，那就需要有先来延安的人出面担保，证明他的身份，否则就必须要他所在地的组织出具介绍信才行。

这些接受政治工作培训的学员们与军事学员们一样，都要遵守严格的军事纪律。女性可以不参加军事训练，但作为替代，则每天必须参加体育锻炼。

在学习时间的安排上，倒是显示出一些现代教学法的先进特征。三个小时的授课时间，三个小时的自习时间。集体讨论也是三个小时，通常有教师一同参加。也许是由于书籍匮乏的缘故，他们很少学习教科书。集体讨论的形式，可能在教学过程中发挥了最重要的作用。

对政治工作人员的培训时间，仅仅长达四个月之久。培训时间的设置如此短促，一来是为了满足对大量政治工作人员的需求；二来也反映出，延安的领导人相信，战争已经迫在眉睫了。

全校一共有大约二十名左右的全职教师。此外，毛泽东和其他领导人显然也分担了大量的授课任务。

但是，抗大严重缺乏可供阅读的书籍，即便是马克思和列宁的著作也非常稀少。考虑到长征时生死攸关的艰苦环境，红军是不可能携带着他们的图书馆转战南北的。在江西根据地时积累的大批书籍都丢失了之后，至今也未能补充上。

在抗大使用的课本，大多数都是在油印机上刻印的。我们看到的那些课本，字迹都模糊不清，阅读起来自然颇为不易。

我们拍摄的那些照片中，其中有一张，比较清楚地显示出教室里的陈设。宿舍的房间十分简陋，生活条件异常艰苦。

但我们所遇到的学员们，其中包括不少来自优裕家庭环境的人，却显然都能面对艰辛，安之若素。他们这种态度也证明了延安精神的魅力所在。

# 第七章　朱德访谈
（1937年6月23日）

问：你们的军事力量目前处于何种状态？

答：在陕甘宁边区的红军部队，通过无线电发报机直接受我们指挥的，超过了九万人。（编者注：1937年8月第二次国共合作实现后，改编为八路军的是在陕北的主力红军，编为三个陆军师，全军4.6万人。但当时驻陕甘宁苏区的红军有7.4万余人，此外还有地方部队、保安队、自卫军等。此处朱德所说"超过了九万人"，应是可信的。参见《中国人民解放军军史》第2卷，军事科学出版社2010年版，第11—12页。）我们在其他很多地区也有共产党的部队，例如陕南地区、闽赣交界地区、湘鄂皖交界地区、赣东北地区、湘鄂赣交界地区、湘粤交界地区、湘桂交界地区，以及川陕交界地区。

在那些地区，各处的兵力从一千到三千人不等。很难知道那些地区部队的确切人数究竟是多少。虽然我们与那些地区维持着联系,但不是所有的地方都能联系得上。他们的情况不会太好。国民党知道这些共产党部队的存在,对他们发起过很多次"围剿"屠杀。

在陕甘宁边区的这九万人部队,军事装备还算不错。其他物资,如服装、粮食、设备等等,起初是比较差的。但自从西安事变发生以后,这些方面就都得到了不小的改善。

即便如此,总的情况却是令人不满意的。在保证这九万人的主力部队之外,我们缺乏对其他一些武装力量进行常规训练的物资来源。

在延安南边的三原县,我们的正规军部队有一万多人。非正规的民兵组织,人数则多得多。民兵是负责维持当地治安的主要力量。

武装部队的人数虽然比较少,但我们的有利条件是拥有一支训练有素的强大的干部队伍。和日本人打仗的时候,这些人将会成为主要的资源。

问:南京政府一直在组织"国民力量"。其重要性何在?

答:国民党所发起的国民军事培训活动,在南方和北方是有所不同的。在南方,他们过去的目的,就是为了反对我们,虽然现在这一点也许有所改变了。在北方,他们更多地利用了抗日的呼声，以此为借口，把原来的雇佣兵方式转变为更加广泛的兵役制。

那些新兵在国民军事训练班受过培训之后，就会被用于补充国民党的正规军部队。那些士兵不会取代蒋介石的正规军，而只是作为补充和增强的力量罢了。虽然他们的舆论宣传搞得很热闹，但实际上作用并不大。

对国民党来说，他们很难建立起一个有广大民众支持的基础。他们无论什么事情都要听从上层社会的旨意，就是让地主豪绅们掌管着每个地区。国民党必须要找到一种行之有效的口号，才能让人民群众跟着他们走。

但是，老百姓现在都倾向于支持我们所提出的团结一致、共同抗日的主张。所以，他们搞的国民运动不可能加强那个反动的南京政府。我们的人，还有其他一些在国民军事训练班里工作的人，都会密切关注，要让国民党搞的这些活动能够成为货真价实的抗日力量才行。

在北方，这种对民众进行军事培训的活动都更为实际一些。而在南方，国民党只是在造舆论、做宣传罢了。实际上他们没做什么工作。但在北方这边却做了些努力。他们也寻求我们的帮助，去搞那一类活动。一些国民党部队的下级军官已经找过我们，要求提供帮助。但这些人不是南京的那些高级将领。

所以，我们的机会就是从底层做起。我们就在这里为抗日斗争培养干部。我们可以期望，要在战争中逐步发展壮大那些支持我们的力量。

问：在华北进行军事防御究竟是否可能？

答：我们对日本进攻的第一道防线，只能是在平津地区、内蒙古，还有沿海地带。这些地区可能守不住。如果往后撤，就是黄河沿线了。这一带有些防御工事，但都不够强大。

华北的军队和领导人也不太理想。华北的领导人和南京曾经策划，要采取联合行动，但是至今也没见他们有什么动静。

控制着华北军队的人，像宋哲元将军，既承受了日本人压力的钳制，又受到我们抗日运动的影响。下级军官的抗日情绪十分高涨，但他们的高级将领至今还没有制订出任何行动计划。一旦战争打响了，这些部队就只能一个接一个地被日本人消灭掉。

（作者注：这年夏季发生了一系列事件，预示着警报已经拉响了。日本人的军队迅速分布到了华北各省。朱德的声明提供了强有力的证据，延安已经清楚地估计到了，在未来，当华北受到日本进攻之后，共产党领导下的抗日力量将有机会自由地开展全面抵抗的活动。）

在目前形势下，最要紧的，是让所有的部队都能服从统一的指挥，制订一个共同的抗战计划。我们一直在努力，让华北各个部分的军队都能听命于一个全国的指挥中心。

## 第七章 朱德访谈

**问**：东北义勇军在反对日本占领的斗争中有什么进展吗？

**答**：今年以来，在中朝边境地区的抗日活动有所增加，就是在奉天和吉林东部那一带。小规模作战的游击队组织增多了，也更系统化了。那些红胡子土匪都逐渐被消灭掉了。也有些人留了下来，加入了共产党领导下的游击队。但是，义勇军的大部分成员都是从农民中招收的。最近，在热河、察哈尔一带也组织了新的抗日联军，大概有五、六万人。

（作者注：这些早期的数据说明，在东北及内蒙古地区，抗日武装力量在战争中得以迅速增长。这些武装力量在抗日战争结束之后，有力地协助了共产党从延安北上张家口，与国民党作战，也协助了共产党在1948年的辽沈战役中取得决定性的胜利。）

**问**：您怎样看待当前与国民党的关系呢？

**答**：南京方面从来就不愿意接受我们一直主张的统一战线政策。但是，在近期的条件下，我们已经能够全力推进这项政策了。从当前取得的国内和平来看，就能够检验出，统一战线是成功的。

但是，不同阶级之间的敌对意识，并没有消除。资产阶级还存在。无产阶级、农民还存在。依然还有两个政党的存在。他们不想让我们壮大。他们甚至希望我们会缩小。

在当前这个阶段,我们希望能够保持现有的力量。战争爆发之后,如果国民党想打赢,就必须要在我们的帮助下才能够获得成功。在那种情形下,我们就必须要增强自己的力量。我们有一支强大的干部队伍。打起仗来,这些干部就能用于迅速扩展我们的部队上面。

我们希望与南京在统一的作战计划下一起打仗。一旦战争爆发,那样做就会有很大帮助。

中国如果想成功地打败日本人,就必须依赖工人和农民的力量。只有共产党才能够发动群众运动。所以,南京必须与我们合作,必须要打全面开花的战争才行。即便四亿中国人都参加进去,其实也不够。

国民党如果认为,只要他们动用了靠西方帝国主义帮助装备起来的强大的正规军就足够了,那他们就错了。在这上面,国民党不明白,一个半殖民地的国家是无法打败现代化的日本军队的。只有全民参加的抗战,才能赢得这场战争。这就是为什么需要进行政治改革的原因。这是让人民享有民主权利的最佳理由。

问:国外正在形成一个"和平阵线"。难道我们必须要通过战争来帮助中国进行一场革命吗?

答：在这个"和平阵线"中，必须要制止侵略者才行。希特勒也许想要发动战争。日本正在发动战争。东北已经被他们占领了。华北也受到了威胁。通过对日本的抵抗，中国也正在朝"和平阵线"靠拢。

这也是一场革命运动。因为伴随着抵抗日本的斗争，中国同时也在进行一场追求民主、提高生活水平、重建经济的奋斗。这二者是同时在中国进行的。

通过对侵略者的反抗，就能够显示出，中国是支持和平的，而不是支持战争的。不错，走这条道路，对中国革命是有利的。只有打赢了抗日战争之后，中国才会大踏步前进。即便与日本打仗时我们没能立即获胜，或者仅仅取得了部分胜利，中国也仍然会向前发展。中国的努力，对全世界打败侵略者都将做出贡献。

问：你们与苏联的关系如何？

答：我们之间的联系，完全是通过信件来往的。没有无线电，也没有其他的沟通方式。最近有了一些改善，更多的杂志和报纸等等，已经能够通过封锁线，送到这里来了。

我们从苏联那里得不到任何物资援助，既没有武器，也没有其他方面的物资供应。

## Yenan in June 1937: Talks with the Communist Leaders

问：你们从长征中活下来的人有多少？

答：在陕甘宁边区的这九万名红军中，只有两三万人是从江西出来的。其余的人，大部分是在四川招收的。有很多人都留在了后面。他们受尽了磨难，失去了联系，或者被杀害了。也有些人分散在各地的部队中。我们的长征损失非常惨重，大概牺牲了三万人。

1934年在红军发展的高峰期时，江西和福建那边的根据地，红军的人数已经将近十万了（编者注：原作为"红军的人数已经多达二十多万了"。与史实不符。）。那些都是正规军。此外还有群众武装队伍。

在蒋介石发动的第五次反共"围剿"运动中，我们的损失非常惨重。造成那些损失的原因，主要还不是因为蒋介石的美国飞机进行狂轰滥炸所引起的。更重要的原因是，由于前线的红军部队贸然进攻了那些装备精良的南京国民党部队而导致的后果。

## 第八章　周恩来访谈
（1937年6月23日）

问：国共统一战线的谈判目前处于何种状态？

答：从大局上来看，双方目前在一些最基本的问题上，已经达成了总的和解条款。但是，依然还存在一些问题，需要在具体的细节上进行探讨。

我们的主要观点，已经在发给国民党三中全会的那封电文中申明了，南京在当时也将电文公之于众了。

（作者注：国民党的中央委员会在1937年2月15日至21日召开了五届三中全会。）

我们做出了一些保证，与此同时也提出了一些要求。我来给你总结一下在谈判过程中产生的那些条款。这些条款眼下都更为详尽了。

我们做出了四项保证：

停止一切推翻国民党政权的努力。

停止没收地主田产的政策。

在我们的特区，即陕甘宁边区，采取民主选举的政府来取代苏维埃政权。

红军改称为"国民革命军"，为了共同的抗日斗争目标，在南京军事委员会的总指挥下运行。

我们要求国民党采取五个步骤：

1. 停止其反共运动。

2. 成立一个民主选举的政府，全面保证公民权，包括出版自由、释放所有政治犯、承认共产党的合法地位。

3. 建议召开一次全国人民代表大会。在会上对南京的选举规章制度进行修订。所有的党派和团体都应该可以派遣代表参加这个大会。大会应当有权起草一部新的民主的宪法，并就国家当前所面临的危机，讨论出解决方案。

4. 全面备战，抗击日本侵略，采取措施，增强国防经济，改善人民生活。

5. 重新考虑南京反对召开国防会议的决定。为了更好地策划和实施抵抗日本侵略的战争，应当召开一次这样的会议，以便建立起一个强大的、统一的中央军事机构。（编者注：1937年2月，国民党正筹备召开五届三中全会。为实现共同抗战、推动国民党政策的转变，中共中央于2月10日发出《致中国国民党三中全会电》，提出了著名的五项要求和四项保证。五项要求是：

停止一切内战,集中国力,一致对外;保障言论、集会、结社的自由,释放一切政治犯;召集各党各派各界各军的代表会议,集中全国人才,共同救国;迅速完成对日作战的一切准备工作;改善人民的生活。四项保证是:停止武力推翻国民党政府的方针;工农政府改名为中华民国特区政府,红军改名为国民革命军,受南京政府与军事委员会之指导;在特区政府区域内,实施普选的彻底民主制度;停止没收地主土地的政策,坚决执行抗日统一战线之共同纲领。这是中国共产党第一次公开提出实现国共合作的条件。五项要求是积极、合理的,为一切主张抗日的爱国人士所赞成;四项保证是有原则的也是必要的让步,有利于实现国共合作,一致反抗日本的侵略。)

到目前为止,我们一共举行过五次会谈。三次是在西安召开的,一次在汉口,最近的一次在庐山牯岭。在牯岭的时候,南京方面的代表包括蒋介石本人,还有宋美龄女士和宋子文。

(作者注:周恩来刚刚从这次会谈后返回延安。)

我们达成了一系列详细条款。但是还存在一个症结,就是在这些条款的执行过程中,需要有一个处理双方不同意见的调解委员会。这个委员会应当包括六位成员,国共双方各自出三个人,蒋介石担任主席。我们不愿意让他来投下决定性的那一票,但他却坚持要担任这个委员会的主席。

问:这些条款目前落实到哪一步了?

答：我们这边已经停止了所有反对国民党的活动。日本人企图挑动中国的地方军事力量反对南京，但是他们失败了。

（作者注：此时，共产党的影响对任何这类分裂活动都是强大的阻挠因素。一切目标都是为了全国统一。）

我们也停止了没收地主田产的政策。我们已经做好了准备，放弃"红军"的称号，对部队进行重组，使之成为国民革命军的一部分。我们也已经准备好了，要在边区采取民主选举产生的政府，来代替苏维埃政权。

我们很快就会发表关于这些谈判内容的公告，也许在一个月之内就可以发表吧。最后的那两个步骤，届时都会正式实施。

（作者注：7月15日似乎是原本预定的发表公报的日子。然而，在我们来延安采访两个星期之后，战争就突然间爆发了。1937年9月时，南京和延安各自发表了一份公报，而没有发表双方在此前同意的那份联合公报。在各自的公报中，双方均按照自己的观点强调了所达成的那些协议条款。）

从南京方面来说，他们结束了对红军的军事进攻，解除了对陕甘宁边区的经济封锁，目前为我们的部队提供五分之三的军饷，也就是每个月三十万到五十万元，因为我们现在已经成为国民革命军的部队了。如果谈判取得成功的话，我们期望，我们的部队能够获得全额的军饷。

当然也有不利的一面因素。南京在政治改革上的举动，至今仍然是微不足道的。但是，总体的气氛是崭新的，是朝着良好的方向猛然转弯了。

结束内战，是他们需要迈出的第一步。这点已经做到了，所以现在可以进一步朝前走了。谈判虽然说还没有完全取得成功，但也还是在继续进行之中。双方经过十年之久的冲突后，要想学会合作，的确是很困难的。

我们想要达成一个双方都能同意的全国性的方案，并且要保证这个方案能够实现才行。这一点是可能做到的。但是眼下还没有讨论到方案内容的任何细节。如何对国民党和共产党的部队进行军事上的统一指挥，就仍然还在谈判之中。即便在公报上发表之后，这两个问题也不一定就能够彻底解决。很多新的问题还会出现。这就使得建立起一种调解程序，例如某种形式的调解委员会，变得至关重要了。

（作者注：事实上，此处提到的这种正式的合乎法律规定的调解机构从未按期举行过会晤。国共双方之间的联络，一直是通过非正式的方式维持着，而且变得日益艰难了。）

问：在其他方面还存在哪些问题呢？

答：问题还有很多，有军事领域的，也有政治领域的，都存在着问题。

在我们的地盘上，我们想要作为一个特区，接受我们自己选举出来的政府所领导。于是我们提出了建议,称为"陕甘宁边区"。但是南京反对这个建议。他们想要维持这几个省份现有的官方地位。

蒋介石甚至想为我们的边区委派官员。但我们想让官员们通过老百姓的公开民主选举而产生出来。如果在这一点上能够达成共识,我们就准备在7月15日那天举行正式选举。

(作者注:南京至少是默许了这种特殊的边区形式,而没有坚持必须为边区派一个行政长官。边区的选举也如期举行了。这种选举形成了一种模式。此后,在华北的游击区根据地,凡是从日本人占领下夺回来的地方,那里的老百姓就都在共产党领导下,通过民主选举,选出了当地的政府。)

至于军事方面,因为我们的部队仍然在南方一些游击区活动,这就造成了特殊的问题。南京想要取缔那些部队,或者解除他们的武装。这是我们所不能接受的条款。

(作者注:与红军的主力部队不同,那些共产党的游击队分散在许多不同省份。朱德在前面的访谈中提到了所有那些区域。在这点上,国共双方最终达成协议,组建了新四军。新四军的成员来自共产党在江西和其他游击区的部队。他们被安排在长江下游,作为其活动地点,并拥有自己的指挥员。)

但是,主要的军事问题,已经在很大程度上得到了解决。我们的主力红军部队还将维持原状,并继续接受自己人的指挥。

(作者注:这意味着,南京只不过是在公报上宣布了红军部队的司令员们是谁而已。）

南京反对给我们这些部队冠以任何光鲜响亮的名称。这种问题对我们来说不是什么难题。我们根本不在乎表面上的名义。我们在乎的是实质内容。所以，我们的部队即将按照国民革命军所采用的番号来命名，就像在1924年到1927年大革命时期我们所做过的那样。

（作者注：从此，共产党的部队在北方就称为"八路军"，在长江流域就称为"新四军"了。）

释放政治犯的问题仍然还在谈判之中。目前仅仅在陕西和山西两省释放了所有的政治犯。在长江下游的那些省份，还有四五千人被关押在监狱中。这些政治犯中的很多人其实都不是共产党员，他们都是被怀疑为共产党员的。

国民党说，关押的只有三千人。但我们认为，人数恐怕远远多于这个数字。另外，加上在华南几个省份关押的三千人，再加上战争中被俘的三千名军人，所有人加在一起，至少也有一万之多。

已经获得释放的几百名俘虏，现在很多人都回到延安来了。仍然被关押的全国各界救国联合会的领导人，是个特殊的案例。

（作者注：在抗日战争开始后不久，"七君子"就被释放了。）

至于需要召开的国民代表大会，南京也做出了一些让步，但还是不够。他们同意增加二百四十名代表，这些人是从很多省份里已经挑选出来的。但是,尽管这些代表在大会中所占的席位只算少数,南京却想要亲自指定这二百四十名代表,以便选择那些支持国民党的人。我们则要求,这二百四十名代表应当是从那些有代表资格的非国民党团体中选举出来才对。

南京已经公布了一个宪法修订草案,而且提出要求,仅仅在全国代表大会上批准通过就行了。但我们提出了一个要求,就是让代表们构建一部新的、更加民主的宪法来。

我们也敦促,要求这个代表大会要有权讨论国家当前所面临的危机,并能起草一个全国性的方案,以便落实所要达到的目标。

(作者注:这次国民党临时全国代表大会于1938年3月29日至4月1日在汉口召开。大会制定了一个《抗战建国纲领》。国民党代表同意加入了一些比较开明的概述,但不同意考虑重新修订宪法。会上成立了一个新的"国民参政会",其权力不仅微乎其微,而且受到了国民党代表的控制。当蒋介石在1940年开除了这个委员会里仅存的几个非国民党成员之后,这个机构也就彻底垮台了。)

至于说召开一次国防会议,目前时机还不成熟。如果今天南京要召开这样的会议的话,恐怕许多不在政府内就职的中国军事领导人都不敢去参加。只有当朱德和毛泽东在南京现身了,他们才会去参加。

如果南京邀请我们,我们会愿意参加这个国防会议。但是我们不会让所有人立即都一起去参加的，有可能每次只去一个人。

南京的军方在五月底派遣了一个考察小组到延安来。他们是想确认一下，我们确确实实是支持国内和平以及团结一致、共同抗日的。我们也希望能派出一个考察小组，由我们的人民来组成，去考察一下南京所谈到的各种抵抗措施。

有一个最重要的问题，就是需要采取具体的步骤，以改善人民的生活状况。这是孙中山先生的迫切训育之一。在这方面，我们是有许多建议的，希望能与南京进行探讨。

一个行之有效的国防计划，一定要处理好人民生活这个至关重要的问题。一旦军事方面的统一战线能够在双方都同意之下制定出来了，我们就会把人民生活这方面所必须具备的详细考虑也都提出来。

问：您对今天的统一战线前景如何看待呢？

答：在这个问题上，我们必须在脑中牢牢记住，中国的统一战线，与欧洲或美国的民众阵线，无论在形式上还是在内容上，都是截然不同的。

在我们这里，国共两党之间进行了长达十年之久的军事斗争。在我们这里，一个革命政党拥有自己的地盘、军事力量、政治制度，而且面对的是一个反动的政党。

在这两个党之外，中国其实没有其他政党真正存在。国民党的统治是建立在特权阶层的利益之上的；而共产党的统治，则是建立在工人阶级和农民阶级的利益之上的。

从外交关系上来说，南京与帝国主义列强的关系十分密切，而与苏联则完全不同。因此，我们很难相信统一战线能够建立得起来。有些共产党员甚至怀疑，我们究竟能否与国民党达成协议。但是，我们仍然不能说，这件事就毫无希望。

有两个非常明白的事实。其一，日本人的侵略所伤害到的，是各个阶层的中国人。目前不仅仅是东北，他们也入侵华北了。日本人的行动，不仅打乱了中国资产阶级的生活常态，也干扰了西方帝国主义的利益。

其二，国民党和共产党打了十年仗，也没打出任何结果来。哪一方面也没有打赢。虽然蒋介石控制着中国大多数的省份和人口，他却无法摧毁共产党。

今天，南京必须面对这样的事实：日本人决心要占领长江和黄河流域。

国民党耗费了大量的军队和金钱在反共"围剿"上，也没有取得成功。内战甚至妨害了他们对上海的保护。

（作者注：在1931年冬和1932年春，日本发起对上海的进攻时，蒋介石实行不抵抗政策，把一切都丢给了十九路军去应付。）

如果无法达成联合统一的行动，南京其实也无法守住他们自己的资产阶级家底。

从我们这方面来讲，我们也有很多理由，希望促成统一战线的达成。我们可以把抗日斗争推广到全国范围去。仅仅是统一战线的谈判还在继续进行这一点，就能激励和鼓舞人民大众的抗日情绪。统一战线也为组织全国人民抗战奠定了一个基础。

另一方面，如果当时我们对西安事变的处理采取了煽风点火的方式，扩大了事端，那么内战就会更加激烈了，并且会在全国蔓延开来。那样一来，就只会让日本人渔翁得利了。获益者既不会是南京，也不会是我们。

（作者注：1936年十二月在西安事变的过程中，周恩来作为调解人，亲自说服了张学良的东北军中那些年轻军官们，为了抗日统一战线的利益，让他们释放了蒋介石，允许他返回南京。）

问：在今天的中国，有可能建立民主共和制吗？

答：建立一个民主共和制的国家，是最为艰巨的任务。这与为了建立抗日统一战线而结束内战，是不可同日而语的事情。我们在这方面的努力才刚刚开始。

过去，两方面的不同政治制度都同时并存过。国民党那边是军事独裁的制度，共产党这边是工农民主的制度。现在，我们必须学习怎样进行合作，建立一个统一的民主共和国。这种合作只能是一步一步地去争取。

第一步，要通过抗日斗争达到双方合作。有了这种合作，

## Yenan in June 1937:
## Talks with the Communist Leaders

在政治领域里所需要的进步才会成为可能。合作与政治上的进步必须同时进行，但只能是一先一后，就像自行车的两个轮子那样，而不是像黄包车的两个轮子那样，平行着朝前走。

为抗日战争做好准备，是第一步，然后才是建立民主共和国的运动。当然，这两者之间互相都会有影响。两个轮子会同时转动，但是抗日的轮子要成为前面的那个轮子。

也许有人会说，这种政治目标看上去像是资产阶级民主革命。我们会回答说，不错，当然是的。只不过，无产阶级和农民阶级所起到的巨大作用，使得这场革命有所区别了。

但是，资产阶级革命的任务，在今天也不应当被忽视。资产阶级革命试图铲除外国帝国主义和中国的封建主义。这些目标与未来的社会主义革命并不冲突。因为这些也是社会主义革命的重要组成部分。

的确，这个新方案意味着，我们已经改变了过去的政策，意味着我们把工农民主制度改变成全民民主制度了。这个制度不会包括汉奸，但是会在工人阶级和农民阶级以外，也包括资产阶级、小资产阶级、土地所有者。

我们的方式方法也将要做出改变。十年来，我们一直采取武装斗争的革命手段，去建立工人农民的民主制度。现在我们要采取政治斗争，通过和平的斗争方式，去创造一个全国的民主共和制度。

# 第九章　毛泽东访谈（上）
（1937年6月22日）

（作者注：我的这篇记录首次发表在1937年10月的《美亚》Amerasia 杂志上。其中一些简短的摘录也曾用于《日本侵华》一书中，于1938年由麦克米兰出版社出版发行。这次编辑此书，我在括号中增加了一些解释，也对文字做了较小的修改。）

**问**：自从1931年以来，南京采取的对日政策都有哪些变化和发展？能否将南京对日政策的发展清晰地划分为几个阶段？

**答**：也许可以把它们划分为两个阶段吧。第一个阶段是从1931年9月18日开始，到1936年7月国民党召开二中全会为止。

在这个阶段，国民党所遵循的是他们的一贯政策：依靠帝国主义，对帝国主义妥协，镇压人民大众。

九一八事变之后，国民党毫无条件地就放弃了东北三省。

在1932年的淞沪战役中，中国的资产阶级也很害怕日本帝国主义。在沿海省份，国民党没有做任何国防工事上的战备工作，他们是随时打算把这些沿海省份拱手相让，送给日本人的。

在淞沪战役中，国民党原本打算临时迁都到洛阳去，如果必要的话，再进一步撤退到西安去。直到后来，南京看见，日本在上海开战，只是为了使他们对东北三省的占领合法化的一种手段，日本军队并没有占领沿海省份的打算；此外，美国和英国也都采取了一些反对日本的努力。只是到了那个时候，南京才决定了不迁都。因此，他们就返回了南京。但他们仍然害怕日本人，这种态度一直持续到1935年"华北事变"发生。

（作者注：日本的"华北自治运动"引发了在平津地区掀起的大规模学生运动，并迅速传遍全国，导致全国各界救国联合会在各大城市都成立了分部。）

1935年的时候，日本想要一口吞并掉华北。南京被吓坏了。于是，他们在1935年7月6日签署了"何梅协定"，允许日本在华北享有特殊权利。

国民党在1935年11月召开的第五次全国代表大会上，这种态度依旧是占据主导地位的。在那个时候，南京继续坚持说，如果可能维持和平的话，他们是不想打仗的。也就是说，他们已经做好了进一步妥协投降的准备。

只是在1936年7月召开的国民党二中全会上，南京才开始改变对日本的态度。在那次会议上，国民党第一次公开宣布，外交上的最低限度是保持领土主权的完整。绝对不能容忍任何国家侵扰中国领土主权，绝对不订立任何损害领土主权的协定，并"绝对不容忍"任何侵害中国领土主权的事实。这是中国军民做出牺牲的底线。国民党是以此来维持现状的。

国民党所采取的实际步骤，并且代表了他们这种政策变化的，是1936年9月到12月举行的谈判。那次谈判是在外交部部长张群和日本大使川樾茂（Kawagoe）之间进行的。那个时候，南京拒绝了日本的要求。从1931年到1936年，这是南京方面第一次显示出坚决抗日迹象，改变了它的投降政策。

**问：** 这些在不同时期所发生的变化，是否与南京内部的政治争斗有关联？如果是的话，卷入内斗中的都有哪些主要团体？他们代表了何种社会经济方面的势力？

**答：** 我们现在要思考一下南京之所以改变其政策的原因。有三个主要因素导致了这种改变。

第一个因素，是由中国人民、爱国团体、中国共产党，还有红军所进行的抗日斗争。

这里面也包括东北义勇军、1932年在淞沪抗战中的十九路军、1933年在察哈尔与日本人战斗的吉鸿昌的部队、1936年11月胜利保卫了绥远的傅作义的部队、学生运动，以及更多卷入了全国救亡运动中的广大人民群众。

国民党认为，对日本的侵略行为是无法进行抵抗的。而众所周知，东北义勇军就进行了抵抗，而且至今仍然在抵抗。

国民党认为，人民群众的抗日运动只会给日本人造成更多的借口，使日本更进一步地侵犯中国。

但实际上，这些抗日活动对日本帝国主义者的打击是如此地沉重，结果使得他们不敢贸然占领更多的领土了。所以，这些抗日活动只能使日本人泄气、沮丧。

国民党认为，中国的军事力量太薄弱，不足以和日本人开战。可实际上，淞沪战役，还有在察哈尔和绥远的长城战役都已经证明了，中国是完全可以抵抗的，而且在一段时间里，成功地阻止了日本人的进犯。

国民党认为，共产党是外来的、不可调和的邪恶敌人，但他们却不把日本看作是敌人。所以，国民党把它的全部精力都用在消灭共产党上面了。但是，共产党的统一战线政策赢得了巨大的反响，因此迫使国民党不得不去掂量这一政策所获取的成功。

这就是引起国民党改变其对日政策的根本原因。从这个时候起，国民党才开始认识到，国家真正的力量是存在于人民群众之间的。

直到这个时候，国民党才开始感到胆子大了一点，也才有了更多的勇气。因此，统一战线的运动减轻了国民党对日本的恐惧心理。

第二个因素，是来自于国际形势方面的。

苏联对中国人民反击日本侵略予以同情，也许是理所当然的。

此外，今天的资本主义世界，已经分裂成两个敌对阵营了。一方要寻求和平、维持现状，另一方由法西斯侵略者组成，妄图挑起新的世界大战。英国的远东政策做出了相应的改变，从某种程度上说，是反对日本的行为的。这一政策也对南京有所影响。

从上面这两种因素中，产生了最后一种因素，导致了南京的转变。这第三种因素，就是国民党统治阶级内部的分化。

国民党中有几个不同的派系团体。但从根子上说，是两大集团：一个是亲日派，一个是反日派。这种分化在1931年9月就已经出现了。但是，直到1935年，日本人搞了"华北自治运动"以后，在国民党统治的地区才开始形成某种舆论，认为中国必须而且也能够抵抗日本的侵略。

以前，持这种意见的人相对来说很稀少，仅有为数不多的几个人，但现在已经变得更加普遍了。1936年时，这种舆论曾广为传播，也因此发挥了一定的作用，影响到了南京的政治空气和国民党的政策。那是第一次真正产生效果。

问：南京的哪些派系或者哪类人士赞同或者反对统一战线？

有哪些证据能显示出南京政府的民主化进程吗？您是否期望在近期能够出现朝着这个方向的进一步发展？

**答**：我们现在已经进入了下一个阶段：目前的形势和未来的发展。

南京在政策上出现转变，是在张群和川樾茂举行谈判的时候开始的。这种转变持续了下来，并且在1937年2月国民党的三中全会上做了清楚的表述。在那次会议上，国民党的政策在很多领域里都显示出了真正的变化。

这时候，国民党对日本的态度变得更加强硬了，也正式采取了对内和平的政策，就是不再打内战了。这种发展与共产党的政策是紧密相关的。因为共产党长期以来一直就提倡，必须要团结所有的中国人，共同抗击日本侵略者。

当前，下一个至关重要的步骤，是南京在涉及民主方面的政策改变。国民党还没有坚决放弃它在统治上的主要特征：军事独裁。在这方面，南京还没有做出任何改变。

实现民主改革，已经成为当前的首要任务了。为了加强国内和平，实现全国统一，民主是最根本的要求。如果没有民主，抵抗日本侵略的任务就无法成功地进行下去。

所以，人民大众今天提出了如下这些口号：一、国内和平；二、民主改革；三、抗日战争。这些都要放在一个总的口号之下：一个全国的统一战线和一个民主的国家。

在目前阶段，前面所提及的影响了国民党政策的那三个因素，将会逐渐对中国人民产生影响。在那三个因素的推动之下，我们就能够实现这三个口号。

至于那些反对统一战线的团体，可以看到来自三个源头：

一个是国际上的，主要是日本帝国主义。但是日本并非是孤立的。德国也属于这个法西斯集团，还有意大利。他们试图引诱中国的统治阶级也加入他们的阵线。他们不但想让中国变成殖民地，还想在他们与"和平阵线"作战时，利用中国的力量。这是第一种威胁到统一战线的因素。

第二个源头，是中国统治阶级内部的亲日派，还有社会主义阵营里的托洛茨基分子。

他们不但反对，而且一直在反对统一战线的政策，还反对那三个主要口号。这是第二个危险因素。

第三个危险因素，是那些摇摆不定的中间派。这类人在统治阶级中和社会上都存在。他们在原则上同意抵抗日本，但是又不赞成把民主的权力交到人民大众的手中。难就难在他们是脚踩两只船。最终的结果必然是，要么他们落入水中淹死，要么把两只脚都站到日本人那条船上去。

激起北平师范大学在5月4日那天冲突的，就是这类人物。也是这类人物导致了"全国各界救国联合会"的领导人被捕入狱的。北平师范大学的杨立奎就是其中一个摇摆不定的中间派。

（作者注：杨立奎是北平师范大学物理系的主任。他曾在很多场合指责"北平学生联合会"接受了共产党的经费,但却从未拿出来过任何证据,来证明他的说辞。)

这三类群体,有国内的,也有国外的,他们所持的立场其实是一致的。从本质上说,他们是反对中国人民的统一战线政策的。

统一战线的任务是否能够完成,取决于抗日分子、支持南京进行制度改革的民主人士,还有所有支持联合的人们是否能够战胜那三类反对派。如果做得到,那么我们的口号就能够实现。如果做不到,我们的道路就会很艰难。最后的结果,将取决于这两大阵营之间的搏斗。

至于说这两大阵营之间的搏斗将如何展开,我们应该能够观察得到,抗日阵线已经在成功的道路上迈出了步伐。

其主要特征是,中国被阻止了加入法西斯阵营,而转向了反法西斯阵营。在这个重要问题上,日本已经被击败了。

共产党尽了自己最大的努力,防止中国加入法西斯阵营。在西安事变之前的很长一段时间里,我们就在工作中展示了我们的做法,把中国所有的力量都会集起来,形成一个统一战线的核心。

通过对西安事变的和平解决,我们也阐明了自己的观点。我们没有趁火打劫,与东北军的下级军官们联合起来,为我们自己在内战中创造有利的条件。

在西安事变之后,我们通过共产党的政策和行动,团结全国的力量共同抗日，进一步证明了我们的努力。

**问**：在西安事变期间以及其后，你们放弃了成立一个西北联合军、让东北军和红军联合起来反对南京的机会。这样做，在政治方面能够获得哪些益处呢？

**答**：首先，中国没有被裹挟卷入到法西斯的阵营中去。那种威胁曾经出现过。当蒋介石被扣押在西安的时候，何应钦将军就带领着一些人，在南京掀起过一场动机十分可疑的政治骚乱。

其次，如我刚才所解释的，团结中国所有的爱国力量与日本做斗争的任务，已经迈出了成功道路上的头几步。只有通过这种政策，中国才会得到拯救。

**问**：西安事变发生之后，在燕京大学的学生会选举中，左翼学生似乎感到非常困惑，不知道究竟应该追求什么样的道路。因此，他们没有努力去竞争选举，其结果导致反动学生赢得了控制学生会高层的那些位置。最近，燕京大学学生会的新一届领导人召集学生代表，举行了一次会议，在会上投票表决，决定退出"北平学生联合总会"。这是否显示出一种征兆，即在群众运动中，人们面临着理解这种新路线并正确跟随和执行这种新路线的困境？

答：这种情况，显示出人们对西安事变的其中一种反应。

起初，西安事变只是针对蒋介石的一次起义。但是由于我们的努力，才使它改变了性质。后来，这次事件转化为在承认蒋介石权威的前提之下的大联合。

恰恰是红军把这次兵谏转化成了大联合。采取这样的做法，共产党并没有丧失自己的立场。相反，共产党的力量和影响在全国上下都更大地增强了。

乍看上去，也许我们在燕京大学的影响力似乎减少了。但这种看法是不全面的。从实际情况来观察，如果我们把全国的大学和城市作为一个整体来看的话，共产党的影响力和威信不但没有削弱，反而还增强了。

我们坚信，燕京大学的学生们会认清整个局势，承认我们在西安事变上所采取的政策是成功的举措。

问：接受南京作为全国各方势力的领袖，是否会引起学生和其他群众团体的不解？采取哪些行动和路线才能避开这种窘况呢？

答：对于抗战领袖的问题，人民群众应该是没有任何疑问的。谁来担任领袖，不仅仅取决于谁的军队多，还要看他所制定的是什么样的方案以及为此所付出的努力。

共产党在这方面是不会追求一己私利的。共产党是为大多数人民的利益服务的，为国家和受苦受难的老百姓服务的。如果我们的奋斗成功了，如果日本人被赶走了，如果形势朝着这个方向发展了，那就意味着，整个运动恰恰是在共产党的领导之下所进行的。

这条道路是共产党指出的，这是拯救中华民族的唯一的一条道路，任何力量也阻挡不住。如果全国都按照共产党的计划走，敌对阵营的铁壁铜墙就必将被击溃。

不管是来自日本的影响，还是亲日团体，或者是动摇不定的中间派，他们统统都将被共产党领导下的人民战争所摧毁。是我们，而不是他们，将会活得更长久。我们的美国朋友们也将会看到这种结果。

问：英国是否会为了防止战争的发生以及保护自身利益而增强中国抗击日本的力量呢？是否会通过平衡双方争斗而利用中日来共同反对苏联？那种局面是否会导致南京出现法西斯军事独裁的局面，并使南京继而试图对中国共产党进行镇压呢？

答：假如英国要想增强它在中国的影响，在今天就会是一个矛盾的现象。

在抗日斗争中，由于中国所处的殖民地的地位，因此，让第三方增强其在中国的力量，是有可能的事情。但这是否意味着前门驱虎、后门入狼呢？不行，这样做是不对的。这个问题必须要区别对待。

不能把日本看成是与英国同样的帝国主义势力。它们一个是与侵略阵营紧密相连的，另一个则不是。对他们采取同样的处理方式，显然是不正确的。

如果我们把它们看做是相同的帝国主义势力，我们就不得不与他们同时作战，或者在同一时期内要与所有的帝国主义作战。这种做法是错误的，也是危险的。

只有托洛茨基分子才会得出这样的结论：我们必须与所有的帝国主义势力作战。从表面上看，那种观点似乎很革命。但事实上，那样做却会把英国推到日本一边。那就成为作茧自缚了。

共产党的政策恰好是与之相反的。我们必须从所有反对日本的国家那里获得援助，来抗击日本。从我们的经验中得知，如果中国被法西斯势力所控制住了，就像在东北三省那样，那么，托洛茨基分子们那些华丽的辞藻将是毫无用处的。

至于其他帝国主义势力给予中国的协助，则必须要以他们自己特殊的方式给予才行。这些国家的政策必须和日本的有所不同。原则上来说，必须在这点上是不同的，即中国必须拥有自己的主权。

过去，大不列颠曾经是反对苏联的十字军领袖。大英帝国的神圣使命是与布尔什维克作战。现在，德国和日本接过了这个任务，而英国也改变了它对苏联的态度。如今，英国采取了保守政策，以维持自己现有的地位。虽然英国不喜欢苏联，但是新的形势意味着，它也不可能多么喜欢德国和日本。

当然，盎格鲁－撒克逊人民向来以自己的自由意志而感到骄傲。他们当然可以拥有自己喜欢的任何思想。但在最后，他们肯定会得出这样的结论，最好还是能在苏联的帮助下，维持自己的那些特权。因为，思想不可能总是与行动一致的。

英国不可能建立你所提出的那种远东势力均衡。不错，很早以前，英国采取了势力均衡政策，而且在传统上一直遵循着这种政策。但是，如果出现了各方不平等现象的话，就得在这里增加一点，在那里减少一点，以便达到均衡的状态。

在当前的世界局势下，任何均衡状态都只能是暂时的。在欧洲，英国想建立均衡，但是，法西斯势力有能力去摧毁它所建立起来的任何均衡状态。为了帮助自己，英国就有责任去帮助和平阵营中的势力，即民主势力。

在某些情况下，由于法西斯势力的迅速发展，英国必须调动反法西斯的力量才行得通，而后者通常是具有革命性的力量。所以，英国无法阻挠反法西斯的革命力量的成长。采取妥协政策与势力均衡政策，只会促使革命力量得以发展。

在法国和西班牙发生的事例，就解释了这一过程。在这两个国家里，都存在着一些亲法西斯势力。对英国来说，如果允许那类人物掌权，就会过于危险。所以，尽管英国不喜欢统一战线的政府，但也不得不与其合作。

当前，英国的政策是矛盾重重的。它所采取的妥协措施，助长了法西斯分子的崛起。但是，法西斯大潮掀起的同时，又带动了革命浪头的汹涌澎湃。因此，苏维埃势力也会随之水涨船高。

中国今天的状况，与佛朗哥在西班牙的处境有相似之处。黄埔派系，即南京的军方右翼分子，要同时面对两个敌人：共产党和日本人。如果他们与日本人结成联盟，和共产党打仗，那他们就扮演了佛朗哥的角色。就像在西班牙一样，在中国也会发生与革命势力所进行的内战。

如果黄埔派系坚决与日本人作战，那他们就必须调动中国的联合力量。那样一来，他们就必须接受共产党的方针政策，所以就无法阻挠共产主义运动的成长。无论如何，共产党的影响力都会增强。

至于国民党的军事独裁，显而易见，从1931年9月18日至今，甚至早在那之前，南京就一直是军事独裁的政权。直到1936年7月以前，除了军事独裁之外，他们还采取了亲日政策。现在他们改变了外交政策，但也必须改变国内政策才行。国民党不可能一方面镇压人民，同时又能成功地抗击日本。

不错，也许南京并未打算深入持久地执行抗日政策。抗日战争还没有打起来，民主也还没有实现。但这只能是一种临时局面。当前的阶段具有过渡性的特点，正在从一个阶段通往另一个阶段。我们正处于这个过渡阶段的中间。

从整个世界上来看也是如此。所以，我们可能会观察到很多不健康的现象。在中国，我们看到了他们逮捕和审判"全国各界救国联合会"的领导人，也看到了他们对群众运动的镇压。旧政策的残余尚未被完全抛弃掉。

另一方面，是健康潮流反对邪恶残余势力的斗争。操之过急是不必要的。因为我们能够看到事情的另一面，能够客观地看待正在进行中的斗争。这种斗争就是目前阶段的具体特征。

如果有些国民党人士坚持执行旧的政策，不想做出任何改变，当然他们也可以采取那种态度。但是，新的抗日民主力量正在成长，而且必将会阻止那类人的活动。甚至美国的大法官查尔斯·伊文思·休斯（Charles Evans Hughes）也必须要做出点改变才行，否则他就会被撵下台。

# 第十章　毛泽东访谈（下）
（1937年6月23日）

**问**：青年学生和知识分子如今应该处于何种位置呢？

**答**：提出这样的问题来，让人们选择，是站在南京一方还是站在共产党一方，这是不正确的。

过去，有些学生站在共产党这一边，有些则站在南京那边。如今在统一战线和民主共和国中，大家拥有共同的未来。在我们的抗日民主阵线方针中，我们可以团结绝大多数学生和知识分子。只有一小部分右翼人士会摇摆不定。

在过去，知识分子不但受到日本帝国主义的压迫，还受到南京军事独裁政权的压迫。这种从内到外均遭到压迫的感受，不是仅仅限于知识分子的。资产阶级也感受到了来自国内和国外的压迫。

今天，大家已经拥有了新视野。前提就是，我们放弃我们的苏维埃制度，国民党放弃他们的独裁。双方团结起来，建立一个民主共和国。

这是大多数人民的要求。如果这个要求无法实现，如果这个方针不能向前推进，南京的地位就会被削弱。他们要想维持自己的地位的话，也会变得异常困难。

所以，为了共同的政治目标"抗日统一战线"，双方都需要付出努力才行。因此，面对日本帝国主义形成联合阵线以及对中国的亲日派进行坚决斗争，是十分必要的。

问：您期望统一战线今后如何发展呢？

答：统一战线当然是由不同团体所组成的。在他们之间所展开的争斗，将会决定统一战线的未来。在不同阶段会形成不同的发展，目前还无法做出详细的预测。

基本上说，统一战线的组成部分，是无产阶级、农民阶级、小资产阶级站在一方，民族资产阶级站在另一方。他们之间有共同之处，也有矛盾分歧。他们之间的共同点，能够使大家携手抗战。但与此同时，他们之间的矛盾分歧，也会引起争斗，导致统一战线不能顺利地发展。这就是所要提出的问题。

除此之外，统一战线的未来也会受到外界的影响，即在国际舞台上发生的事件的影响。因此，统一战线的发展，取决于国内和国外两个方面。

可以说，只有两种可能性：要么就是日本帝国主义侵略阵营的胜利，要么就是中国统一战线的胜利。一切都取决于这两种势力之间搏斗的结果。

在不远的将来，中国的内政以及在民主共和制方面所取得的成就，将成为统一战线的远大目标。所有的团体都会因此而分享其成果。

初步的任务是改善工人、农民，还有知识分子的生活。进一步的任务是解决资产阶级所面临的某些问题。他们所受到的威胁，来自于殖民主义和官僚资本主义。这些都是统一战线第一阶段的方针和任务。

在民主共和制建立起来之后，争取中国的社会主义革命成功，将成为下一步的任务。中国不可能成为帝国主义或是资本主义国家。中国的未来首先是民主共和制，第二步就是社会主义革命。

**问：**为什么您认为中国不可能成为资本主义国家呢？

**答：**首先，现在和过去，中国都是一个半殖民地的国家。中国的资产阶级也许梦想着能有那样一个未来。但是中国的现有条件和目前阶段的需求都不允许它成为一个资本主义国家。

中国不打算长期处于半殖民地的状态。过去的确是处于那样的状态，但现在的中国正在准备争取独立。为了达到这个目的，无产阶级领导下的奋斗正在蓬蓬勃勃地开展起来。这与建立西方民主国家的历史是有着根本区别的。

在西方，建立一个民主国家，是资产阶级所起的领导作用。而在一个半殖民地的国家，资产阶级是软弱的。他们缺乏必要的生命力，因此无法承担这个任务。

无产阶级必须要承担起这个重任。因此，在中国要建立的这个独立的民主共和国，不同于历史上的资产阶级民主共和国。这个共和国的形式是包括无产阶级、农民阶级，还有一部分资产阶级在内的统一战线。没有无产阶级的领导，在中国就不可能进行革命。这一条件决定了，中国可以不用经过资本主义时代，而直接跨入社会主义的阶段。

今天还存在着第二个条件。在反对帝国主义压迫的斗争同时，帝国主义国家之间和帝国主义的内部结构也发生了变化。当日本帝国主义被驱逐出中国之后，它将没有任何理由再继续维持它在中国一贯拥有的地位。你能说，当希特勒的侵略战争失败之后，他还可以继续维持在德国的权力吗？

如今的战争和二十年前的那场战争是不同的。今天的反法西斯战争是革命的战争。而上一次世界大战，参战的双方都是反革命的。因此，在当今的世界条件下，中国是可以跨越资本主义阶段而直接进入社会主义的。

最后，还有第三个条件需要注意。苏联的存在，是起到决定性影响作用的。它不仅对中国有影响，对其他国家也有影响。

孤立主义政策对苏联来说是不可能的，就像对美国也是不可能的一样。苏联要么就存在下去，引起社会主义革命的胜利，要么就是它被打败了，无法存在下去。

根据这三种条件，也就是当前世界的实际情况，我们得出的结论是，中国可以绕开资本主义而直接实现社会主义。

在目前阶段，还无法预测社会主义革命在多久之后才会发生。那要取决于中国的发展，还有整个世界大环境的发展。中国背负着沉重的担子。让中国无产阶级独自去完成这个任务是不可能的。我们需要其他国家无产阶级的帮助。

同样，帝国主义国家的无产阶级也需要殖民地和半殖民地国家的无产阶级的帮助。这是列宁所制定的革命问题。我们这里已经做好了长期艰苦奋斗的准备。

**问**：在向社会主义过渡的时期，资本主义可以同时并存吗？

**答**：不但可以，而且也是必要的。这样可以加强抗日阵营。但是，当无产阶级领导着反对帝国主义的战争以及在国内改造社会的奋斗时，其结果就不可能仅仅是只搞一些改良了。无产阶级的领导有可能把这场战争转变为社会主义革命。

**问**：美国的孤立主义政策是否对统一行动形成了障碍？

## 第十章 毛泽东访谈（下）

**答**：如今，美国有很多人都在思考和谈论孤立主义。但事实上，美国并不是孤立主义者。

就像在其他资本主义国家一样，美国也是分成两个部分的。一边是无产阶级，另一边是资产阶级。任何一边都不可能采取他们所谈论的孤立主义政策。帝国主义者的资本主义是具有世界性的。资本主义必须和整个世界发生联系，才能够生存。

无产阶级革命也是一样，需要全世界无产阶级的帮助。如果孤立主义的心态在美国人之中确实存在，我们就需要阐明，那是不可能存在下去的。

由于中国目前所处的位置，我们不仅需要美国的帮助，也必须利用美国和日本帝国主义之间的矛盾。

美国在中国的资本关系和其他帝国主义国家都如出一辙。他们之间有共同点，也有矛盾分歧。共同点就是他们都在剥削中国。他们之间也互相争斗，也存在着矛盾。究竟是英国、美国、日本，还是德国的资本可以垄断中国呢？如果中国被其中一个帝国主义国家控制住了，这不仅对中国人民来说非常糟糕，就是其他势力也会被迫从中国撤离出去。

因此，在这里，中国至少有一点与美国的观点是一致的。在对外政策上，我们有可能会走到一起去。我们与托洛茨基分子不同。我们的统一战线是反对日本，不是反对所有的帝国主义分子。

从整个世界来说，只有无产阶级和受压迫者才享有共同的利益，而不会发生冲突。其他国家的无产阶级和人民大众都是我们最好的朋友。

到我们这里来访问的美国人不是为了商业上的原因，而是为了友谊而来的。我们完全赞同你们的斗争策略，要让美国采取明确的立场，反对日本对中国的侵略。

不应当孤立地看待中国革命。中国革命也是世界革命的组成部分。它虽然有自己的特色，但从根本上说，它与西班牙、法国、美国、英国这些国家人民的奋斗都是类似的。从革命的传统和性质上来说，这些国家的奋斗都是相同的，都是为了整个世界的进步。

美国人民对中国所寄予的广泛同情，就是这种相似性的证明。他们关心中国人民的命运，我们也同样关心他们的命运。

请向美国人民转达这样的信息：在中国存在着帝国主义和封建势力的压迫。在美国也同样存在着压迫。但他们的压迫不是来自帝国主义和封建主义这些方面的。我们两个国家如果能够团结起来共同奋斗，就会开辟一个崭新的世界。这是我们共同的愿望。

# 第十一章　归途散记

当我们还在延安的时候，就生出了一种不祥的预感，且不止一次地浮上心头。大家都为我们的回程隐隐地担忧。没想到，这种预感竟百分之百地被证实了。

来时的路程，仅仅用了四天，返程却竟然用了整整六天。由于士气的降低，这六天时间，简直令人感觉加倍的漫长、难熬。

奔赴延安时，从一马平川的关中平原攀登上陕北的黄土高原，我们的内心充满了新鲜感和探险的兴奋，满脑子都萦绕着抑制不住的强烈企盼。谁知回程却横生波折，数度耽搁，堪称举步维艰。不仅是因为阴雨连绵，河流暴涨，道路泥泞不堪，也因为这辆老旧的汽车在返回时承载了更多的重量，屡屡熄火，频频瘫痪。

艾飞·希尔就像对待自己的孩子一样，耐心地哄这辆宝贝汽车，给它喂奶灌药、接屎把尿。大家瞧在眼里，暗中琢磨，最后才恍然大悟，领略了其中的奥妙。也许，只有那种亲如母子般的溺爱与依恋，才能对付得了这个被宠坏了的孩子的撒娇要挟、无理取闹吧！

我所拍摄的照片中，回程的景象仅有不多几张。也许，那时我所携带的胶卷已经所剩无几了。也许，那时我已失去了摄影留念的冲动与激情。但我的笔记本里依然留下了丰富多彩的记录，有山川沟壑，有道路河流，也有那从天而降的一次又一次的劫难。

毫无疑问，我的笔记之所以能够记录得如此详尽，显然得益于我们在途中频繁的耽搁、无休无止的拖延。虽然说，故事发展到此，高潮已然过去了。但那些充满戏剧性的小插曲，还是值得青史流芳的。

离开延安那天是星期四，当天晚上，我们与一支红军队伍碰了面。队伍里都是些年轻的士兵。他们仅仅用了两个小时的行军时间，便从延安走到了甘泉。我们几个算是开了眼。啊，总算感受到一点点红军长征的味道了！

队伍中有一个小兵。他才十九岁，却已走过贵州、云南、四川、甘肃，一路跋山涉水，风餐露宿，终于抵达了陕北高原。

接下来，轮到我们被采访时，各种问题像连珠炮似的射向了我们。大多数问题都是关于美国的。欧文·拉铁摩尔尽他所知，用流利的中文，一一满足了红军战士们的好奇心。

这次旅行中我所拍摄的最后一张照片，展示了那天晚上在

## 第十一章　归途散记

甘泉客栈里留宿的房间。在一张木头桌子上面，摆放着我那个写满了字的笔记本。

我们躺倒在土炕上，伴着窗外轰隆隆的雷雨声，合上了疲倦的双眼。大雨一直在哗哗地下，彻夜未停，第二日清晨仍未放晴。直到午饭过后，我们才整装出发，踏上了这次具有史诗性色彩的艰难征程。

汽车简直无法挪动一步了。山崖上的泥土，大块大块地滑坡，不但占据了道路，连路旁的沟壑也几乎被填满了。河流上架着的木桥，也全都被冲垮了。此外，汽车的引擎没完没了地调皮捣蛋。我们接连不断地品尝到了，什么叫做灰心丧气、一筹莫展。

途中，我们遇到了一块巨大的石块，端端正正地横挡在道路中间。我们无力挪动它，便只好搬来许多小石头，堆积在大石块周围，并且是顺着道路的一侧铺垫。然后，艾飞猛踩油门，冲向前去，汽车一侧的两个轮子攀上了大石块，另一侧的两个轮子则碾过了小石头堆，终于开过去，战胜了这个拦路虎。

两次跨越洛河的时候，遇到了最糟糕的情形。头一次，汽车在穿过临时拼凑起来的桥面时，差点就翻入河水中。另一次，汽车陷入了岸旁的泥沼中，动弹不得，靠着几个赶骡子贩盐的农民，外加几个过路的红军战士，才把我们拽出了烂泥潭。

那天傍晚，最后的危机不期而至。当汽车穿越一条被雨水冲刷出来的长长的深沟时，我们不断用铁锹清理堆积在道路上的泥土，或者是填平下陷的水坑。费了九牛二虎之力，才终于走出了沟底，开始朝着绵延不绝的山峰攀登。

然而，快到山顶时，在苍茫的暮色中，却突然闪现出一道最大最宽的沟，横在了汽车面前。

我们再次挥动铁锹，搬动石块，折腾得腰酸背痛，好歹总算垫出了一条路，可以让车轮碾压在上面通过了。

汽车小心翼翼地开上去之后，竟然恰恰就在沟的正中间抛了锚。车身歪斜到一旁，两只车轮深深地陷入了泥泞中。艾飞反复地发动了数次，引擎却纹丝不动。

尽管有三个赶着毛驴路过的农民施以援手，也丝毫无济于事。没办法，只能去寻找更多的帮手了。

据那些赶毛驴的人们说，山崖的另一边有座村庄。不过他们答应了，会帮我们去村子里找人手。

他们走后，艾飞·希尔和欧文·拉铁摩尔围着汽车转来转去地想办法，我们其他人却束手无策，帮不上任何忙。

过了一阵儿，贾菲、艾格尼丝还有我，决定也跟在赶毛驴的人后面，往山峰上爬，一方面是想确认，他们肯定会去村里找帮手；另一方面，我们也想找一个过夜的住处。

我们三人大概是在晚上九点钟开始往山上爬的。蹚过一洼又一洼的泥水坑，在黑暗中摸索着，熬过了漫长的时间。

正当我们心灰意冷之际，突然间，一轮满月出现在地平线上。巨大的圆球放射出皎洁的清辉，一条细长的云彩横穿过它的下半部，在天边迎接着我们。

大家如释重负，心头升起了希望。

然而，我们轻松愉快的欢呼声并未能持续多久。接下来仍然要爬高下低，接连不断地翻山越岭。我们口渴难耐，饥肠辘辘，已经疲惫不堪了，但那传说中的仅在两英里之外的村庄，却丝毫未见踪影。

有那么一瞬间，我们开始怀疑了，照这样没完没了地走下去，是否会迷路呢？大家甚至想，干脆打道回府算了。至少汽车里还有毛毯，可供今夜露宿时御寒，也还有一点珍贵的食物，聊以果腹充饥。

不过，犹豫再三，我们最终还是决定了，暂且攀登上前面那座最高的山峰，看看再说吧。

这次，我们算是赌赢了。只见迎面过来了一大群人，数了数，足足有十四人之多。

村民们问，还需要俺们吗？

我用中文告诉他们，快去帮忙吧！

村民们说，那个村庄其实就在前面不远处。

于是，我们继续跌跌撞撞地朝前赶路。可是，攀上了高高的崖头，在月光照耀下，却依然看不到任何村庄的影子。

恰在此时，近旁忽然传来了一阵亲切温馨的声音。听得出来，那是家禽发出的鸣叫声。

好啦，不必再担忧了。我们飞也似的冲下了山坡，坐在路旁稍微休息了一会儿，十点钟之后，就摸进了村里。原来，这个村庄就是交道镇。但刚一看见它时，我们竟然没有认出来。

还是贾菲的记忆力好。他说，记得我们来延安时，途中的最后一晚，就是在城门楼上面的那间岗哨房间里度过的。但是，艾格尼丝和我都心存疑惑，不记得我们曾经踏足此地。

正在这时，一个红军战士迎面走了过来。令我们感到惊讶的是，他对我们充满了怀疑，因为他没有接到任何信息，通知我们要来的消息。

在这个紧要关头，我那口磕磕绊绊的中文，尽管总是遭到艾飞和欧文的奚落和嘲笑，也不得不拿出来献丑了。可惜，我的解释却不奏效。

我竭力向这位红军战士解释说，我们想寻找一个能够过夜的小客栈，而且，几天之前我们曾经来过这里。

这时，就像在中国通常会遇到的情形那样，周围已经聚拢来一大群看热闹的老乡。救星很快就出现了。人群中有几个老乡，竟然认出了我们。

红军士兵听了他们的话之后，便指了指城门楼上面的岗哨房间，示意让我们上去。

啊，没错，这的确就是我们曾经下榻的交道镇！

上去之后，迎面出来了一个女人，她也认出了我们。她连忙为我们铺上了用谷草编织的炕席，给我们端来了一盆洗脸水，还烧了开水，让我们解渴。女人连声道歉说，不好意思，没有

## 第十一章 归途散记

茶叶来款待我们。

唉,如此难熬的一天。我们立即躺倒在草席上,像几根木头一样,纹丝不动,然而,我们的心里却在犯愁,那辆汽车的命运如何了?

谢天谢地,十点半过后,耳畔就响起了宝贝引擎那熟悉的噼里啪啦的噪音。

在车轮陷入的那道泥沟旁,艾飞和欧文这两条好汉不屈不挠地挥动着铁锹,填土垫沟。在他们已经精疲力竭之际,村民救援队从天而降。

大伙儿齐心协力,肩扛背顶,直截了当地把汽车从泥沼中拔了出来,然后又拽到了路面上。挂上挡之后,引擎再次开始了欢唱。

大家终于团聚了。我们打开行囊,铺到炕席上,开始享用晚餐。我们随身携带的行李中有茶叶、罐头煮豆子、奶酪、饼干,还有一瓶威士忌。大家举着酒瓶,一人一口,轮流喝了个瓶底朝天。

整整一天过去了,我们才仅仅走完了四十英里的路程。

星期六早晨醒来后,返程的第二天开始了。然而,从早到晚,暴雨哗哗地下个不停,道路被彻底冲垮了,根本无法出行。

艾格尼丝写了一封家信。我则把头一天的历险记补进了笔记之中。然后呢,大家只能打扑克消磨时间。

艾飞在外面顶风冒雨,修补了汽车风扇的带子。但他真正露了一手,给大家带来惊喜的,是花了六毛钱从外面拎回来的一只鸡。鸡肉虽然煮得稍嫌硬了点,但是味道颇为可口。尤其是那锅汤,鲜美至极。

第三天清晨,才五点一刻,我们就早早起身了。饮了些茶水,捆好行李,再次出发。初升的太阳明晃晃的,驱散了满天阴霾。

再次来到洛河旁,却看到水位涨至前所未有之高。唉,大清早就失去了好心情。但谁也没想到,真正糟糕的事情,还在后面等着我们呢。

第一次过河,大家就耗费了整整两个小时,汗流浃背地卖苦力,在河岸两边的泥泞道路上铺垫石头。尽管如此,汽车仍然瞬间就陷入了泥沼里。

水位高,浪头猛,会威胁到引擎。于是,大家卸下了车中的行李,背到安全的地方放下。又卸下了风扇带、点火分线器、火花塞,一一包裹在衬衣、袜子、手绢里。然后用两块大木板,把汽车的两个前轮撬了起来。这才把汽车从泥沼中拔了出来。接下来,把风扇带、点火分线器、火花塞这些零件再一一地重新安装回去。

妥了! 艾飞驾着车,冲入两英尺深的河道中,一口气开上了对岸。但是,在一道陡峭的山崖旁,又遇到了新的麻烦。

好在太阳当顶时,我们终于赶到了洛川,吃上了一顿丰盛的早餐。有摊鸡蛋饼、炖猪肉、青菜炒豆腐、热汤、米饭、茶

## 第十一章 归途散记

水,还有味道相当不错的当地农家自酿的米酒。

这个上午,一口气又拿下了二十英里。

再次驰骋在黄土高原上的时候,却碰到了塌方事故的地点。那段路面被雨水冲得仅仅剩下了窄窄一条,勉强够得上车身那么宽,无法通过。

一队人马正在全力抢修。他们在冲垮的道路下方,沿着山崖的边缘,修造了一条半圆形的新路段。

这部汽车的宝贝引擎就像人似的,颇为敏感,与往常一样,它莫名其妙地就熄了火,且无论如何也发动不着了。但是,中国民工们呼喊着号子,硬是把汽车连拖带拽地弄到了新修的路段上。

冲下了黄土高坡,便再度与老朋友洛河重逢了。一个星期前,我们曾经在这个渡口,登上纤夫拉拽的大驳船,比较顺利地渡过了洛河。而今天则没有那么容易了。大水冲走了横在河上的铁索链,不知被冲到下游什么地方去了。没有那条铁索链,船工们是不敢让驳船在巨浪和漩涡中冒险犯难的。

整整五个小时的光景,我们只能懒洋洋地散坐在岸边,在太阳底下干耗着,一直等到日沉西山。其间偶尔见到要渡河的行人,能听见他们与船工在纠缠。

最后,眼看着天色黑下来了,我们无计可施,只好在附近的山坡下,找到了一处废弃的空房子,那是一座土坯垒就的简易房屋,大家凑合着,在里面度过了那个夜晚。

天亮之后，我们的希望稍稍有所回升，因为听说河里的水位下降了不少。有一辆卡车开到了岸边，也要渡河，上面坐满了红军士兵。但一直等到下午，才真正出现了柳暗花明的局面。

我们偶然注意到，在洛河下游那端，有几个船工正在从水里往岸上拉扯一条铁索链。等他们把铁索链拉到了登船的地点之后，需要解决的问题就是如何把这条铁索链弄到河对岸去了。

艾飞向他们建议，在铁索链上绑一块石头，然后甩到对岸去。但是，人们拒绝了他这个建议。

船工们采取的方案是这样的。先派十几个人，走到下游河水较窄的地段，扯着一根绳子过了河。然后，岸两边的人同时扯着那根绳子的两头，一步一步朝上游走过来。接着，再把铁索链系到那根绳子上。

我们几个人也一起上前帮忙，大家齐心合力，把铁索链一点一点地拽到了河对岸。最后的步骤，就是把铁索链固定在河两岸的桩子上，才算大功告成了。

终于可以动身了。我们迅速地把东西一一装到车里，准备渡河。但是，红军的卡车率先登上了船。没有足够的空间了，我们只能等待下一趟再说。

没想到，当红军的卡车在对岸下船时，却从跷跷板上滑落了下来，陷入了河水中。我们只能远远地看着，焦急地盼望着，看他们使出浑身力气，努力想把卡车从河里拉出来。

暮色中，我们在岸边点燃了一堆篝火。可是等来等去，红

## 第十一章　归途散记

军的卡车却仍然浸泡在河水中。

没多久，天色就变成漆黑一团了。我们只好放弃了等待。背着行李，无精打采地返回了山坡下那座孤零零的土坯房，在里面度过了第二个夜晚。遭遇了如此严酷的打击，饱受折磨的情绪在那晚第一次爆发，彻夜难眠。

第五天的早晨，阳光明媚，空气凉爽。我们终于顺利地渡过洛河，踩着跷跷板下了船，继续赶路。听船工们说，红军那辆卡车折腾了一整夜，直到天色微明时，才终于被拉到岸上来。

接下来发生的一系列问题，很快又浇熄了我们胸口刚刚燃起的兴奋的火花。

那天下午，汽油马上要耗光了。汽车的表现，实在是差得不能再差了。风扇带修补得次数过多，屡屡脱落。散热器泄漏了，滚烫的水珠和蒸汽从盖子里不断喷射四溅。引擎也不适应新灌进去的火油加汽油的混合燃料，仅能勉为其难地转动着。

下一个夜晚即将到来，这已是离开延安之后的第五个夜晚了。大家希望，我们能在第六天走完剩下的九十英里，抵达西安。

第二天早上，运气还不算太坏。我们从小客栈里找来了一个面团，堵住了散热器上的漏洞。艾飞从黑市上搞来了一些汽油。十五块银元买了五加仑。

一切还算顺利，中午时分，我们便抵达了三原县城。不过，夜幕还是赶在我们跨越泾河之前就垂下来了。我们再次遭遇了铁索链被大水冲走的局面。

有好几英里的路程，我们是靠着一辆卡车的前灯照亮路面的。我们紧追其后，不敢落下半步。很快，我们车中的电池又恢复充电功能了，于是不再依赖卡车在前面照明。最后一眼瞥见那辆卡车时，发现它已经停在了路旁。

接下来，却是一段充满恐怖的路程。我们穿越了历史悠久的汉代墓葬区。一座接一座环绕着鬼魅气氛的高大的土堆，在夜色中投下憧憧暗影，令人心悸。

当我们抵达一座铁路桥时，大概已是夜里十点钟了。这是我们将要渡过的最后一道河流。

提着信号灯的工人拦住了我们的车。他们的话很简单：不能过。

原来，这座桥上少了一些木板，正在修补。要等到明天早晨才能通车！

这座桥已经到了西安城的边缘。艾飞口若悬河，终于说服了守桥的工人。我们可以小心谨慎地过桥了。

因此，汽车绕过散放在四处的乱线团，寻找着可以下轮之处，沿着铁轨，安全地通过了这座桥。

直奔西安的那条路，对艾飞来说，意味着归家之途。在倾盆大雨中，坚硬的马路被冲成了滑腻的泥浆层，道路两旁都是深沟。

汽车颠簸着前行，艾飞仅用一只手握着方向盘，探身车外，

## 第十一章 归途散记

查看路面。我们迫不及待地开始计数了。十二公里，八公里，六公里，四公里。很快，北城门就近在眼前了。

守门的士兵们，可是别来无恙？

当我们的车子开到北城门外时，恰好有一辆汽车从里面驰出来。我们便趁机溜进了城，甚至没有来得及与士兵们点个头、打声招呼，当然也就没给他们留下机会来盘查我们。

终于进入西安城了！我们先去艾飞的住处，卸下来了一些包袱，然后就回到了西安宾馆。

宾馆的中国经理热情地迎上来，欢迎我们归来。此前我们在这里住着时，可是支付给他不少银子呢。所以，他仅仅简单地问了我们一句，"咋走了这么久哩？"除此并未多嘴。

第二天上午，十一点十分整，我们的火车准时离开了西安城。警察气喘吁吁地赶到时，已经为时过晚了。他们也许会感到奇怪，这几人怎么这么快就走了呢？

大家在月台上与艾飞·希尔依依不舍地挥手道别。他从这次旅行中获得了颇为不错的进项，都是由贾菲支付的。这个年轻人正好可以用其中一部分钱来购买一张飞往上海的机票，去探索新的前程了。

在火车上度过了一个懒洋洋的下午。大家谈论了需要撰写的一批文章，以及可供发表在期刊上的采访笔记等等。在车厢里，我们享用了四人在一起的最后一顿晚餐之后，便就此分道扬镳了。贾菲和艾格尼丝将前往上海，继续完成他们被中断的环球旅行。

7月2日凌晨三点四十分，我和欧文·拉铁摩尔一起，从陇海线换乘平汉线。因为事先没有订票，我们俩踩着站台上四处飞溅的泥水迅速地奔跑，差点没赶上开往北平的那趟列车。还好，总算弄到了一个单间，我们和衣而卧，一气睡到天色大亮。

上午九点半时，我们吃了早餐。下午四点半，列车抵达了石家庄。想起6月8日那天，我们在这里换乘开往太原的列车，感觉竟似如隔三秋的陈年往事了。

半夜时分，抵达北平，再次遇到了暴雨，为我们洗尘。好在有埃德加·斯诺和埃莉诺·拉铁摩尔（Eleanor Lattimore）在站台上迎接我们，带来了重逢的喜悦。当下我便随着埃德加·斯诺去了他在燕京大学的家中，二人连夜倾谈，一直聊到第二日清晨。

当我们抵达北平时，在延安的日日夜夜，已经化为记忆，渐渐飘远了。

五天之后，在7月7日那天夜里，"卢沟桥事变"突然爆发，战争打响了。在那之后所发生的一系列事件，都为我们这次延安之行的背景赋予了更加深远的意义。

战争开始之后的头几个月里，我完全没有时间去认真思考，对这场战争进行分析和判断。但有一件事，却是我能够肯定的：当我们对即将发生的世界大战和中国的内战进行评估时，延安的经历，将为我们提供最基本的原始资料。

## 第十二章　回眸一瞥

直到很多年过去之后，烟消云散，我们才真正地意识到，当初的延安之行，似有上帝之手的安排，机缘竟如此凑巧。

我们堪称幸运，遇到了这样一个稍纵即逝、千载难逢的良机，使我们能够在抗日战争爆发的数天之前得以对延安投去惊鸿一瞥。

我们有幸在抗日统一战线建立之初，便采访到在新形势下满怀激情、畅所欲言的中国共产党领导人。然而，紧接着，几乎是在一夜之间，战争便爆发了。延安变成了抗战期间的全国中心，并保持着这种地位，长达八年之久。

在1937年6月战争前夕的延安，共产党领袖们的举止言谈，无不流露出异常乐观的情绪。那种情绪在我们抵达之后的第一个晚上，当大家在窑洞里召开联欢会欢迎我们时，就已经在空气之中荡漾了。

这种乐观是伴随着自信的光焰同时散发、传播出来的。我

## Yenan in June 1937: Talks with the Communist Leaders

们在那里停留的时间越久,那种感觉就愈加强烈。对这种自信乐观的气氛,我们应该感到惊讶吗? 还是应该相信它是水到渠成、理所当然?

往昔的经验,当今的形势,未来的局面,古今中外,纵览全球,一切的一切,均在中国共产党领袖的运筹帷幄之中。一切的一切,都承载着充满希望的神秘的预言。

长征已经胜利地完成了。那些翻过雪山、走出草地、活下来的人们,此刻却要调整自己的心态,反思他们曾经背水一战、为之殊死搏斗的强硬路线,去面对新的选择和考验。

延安成为刚刚建立的陕甘宁边区的首府,仅仅六个月之久。由于蒋介石在西安被扣押,产生了一系列的连锁反应,才导致了共产党控制的陕甘宁边区出乎意料地发展壮大。

这个地区人烟稀少,落后贫穷,但它的地盘,竟然比江西福建的苏维埃根据地宽阔得多。在战略位置上,因这一带距离日本占领区相对较近,所以成为了共产党在战争期间与日军兵戎相见的重要交锋场所。

陕甘宁边区的产生,本身便带有具体的象征意义:它代表了共产党既往行动的辉煌成果。正如人们所预期的,眼下所发生的一系列事件,都恰逢其时,至关重要,且在总体上看来,令人感到欢欣鼓舞。

回顾往昔,早在1931年至1932年,当东北三省被日本占领后,共产党就提出了国共合作、共同抗日的目标。眼下,这

## 第十二章 回眸一瞥

——在空中飘浮了很久的号召，终于形成了明确的框架。

内战停止了。与蒋介石的谈判进展顺利。这些自治或半自治地区的中国领导人正在努力靠拢南京政权，在承认其权威的前提下，结成更广泛的联合。

事实上，国共两党的和解协议将是对共产党具有决定性意义的最大支持。共产党领导人正在倾其所有，竭力推动团结的潮流。

那年仲夏，战争爆发后，国共合作的推动过程才最终得以圆满地完成。不过，早在那年春天的几个月里，为促使中国达到团结的一些关键活动，便已经在运作之中了。而延安的领袖们，恰恰是这些关键活动的中心。

大众舆论强烈地反对国民党的不抵抗政策，阻止了蒋介石对日本进一步妥协。

当战争的阴影日趋逼近，一触即发之时，哪怕仅仅是为了维持南京自身的力量与权威，蒋介石也是需要共产党支持的。所有这些考虑，都促使蒋介石停止了反共围剿战争。因此，当前形势的一个重要体现，便是长达十年之久的国共内战，终于画上了句号。

这是一个巨大的收获。没有任何迹象表明，把新形势转变成对共产党有利的局面，会是无谓的牺牲。因此，与南京合作，而非与之冲突，便成为共产党努力的目标。

当我们与延安领导人交谈时，他们强调的是民族大义，要把占领了东北、入侵了内蒙古及华北、眼下正威胁要发起更大进犯的日本人彻底地驱逐出去。这，才是高于一切的需要。为了能以中华民族之全力对付日本而采取民族大团结，奠定了主旋律的基调，出现在共产党发出的所有声明之中。

在对未来的展望中，延安也充溢着强烈的自信。然而，在1937年6月，由于有迫在眉睫的具体任务必须要应对，他们那种针对未来的雄心勃勃的计划，便在骤然间被压缩了。

如何有效地准备对日作战，不但是共产党所要采取的行动，整个中华民族都需要投入抗战。如此看来，似乎革命事业只能屈居二线了。不过，在陕甘宁边区，人民大众的命运的确也有所好转。

在国共统一战线的谈判中，改善和提高人民的生活，也被列为重要的谈判条件，并呼吁要在全国进行推广。如果沿着这条道路继续往前走下去，社会主义革命仍然将会成为共产党人最终的奋斗目标。

事实上，社会主义革命在当时来说，尚属遥远。共产党正在拼命努力，推行建立一个民主共和国。而这一点是再清楚不过了。

虽然说，我们访谈的关注点主要都聚焦在那些迫在眉睫的问题上。但通过这些访谈中透露出来的一些线索，我们也了解到了共产党领导人对未来的展望。

从短期来看，共产党充满了自信。这种自信是建立在对形

## 第十二章 回眸一瞥

势的估计上所产生的。日本对中国发起大规模侵略之后，形势肯定将会发生变化。那时，共产党人将能有机会，自由地在陕甘宁边区以外的相邻省份组织人民群众，进行抗击入侵者的爱国行动。

如此一来，共产党的号召力将会大大增强，超过他们在内战时期的影响。中国人民抗日军政大学的设立，便是应运而生的举措，切切实实地体现了共产党的规划和方案。

至于更加长远的未来，他们的观点当时尚不太清晰。但是可以察觉到一些大概的主线。当然，共产党会在战争中发挥自己的全部作用，把他们在十年内战中积累起来的丰富经验，运用到抗日战争之中来。

他们已经预见到了，这将是一场旷日持久、延续数年的军事冲突。这一看法很快就将在毛泽东的文章《论持久战》中表述出来。这是毛泽东所撰写的影响最为广泛的一篇论及战争策略的文章。

在漫长的战争中，力量的源泉，来自对人民大众进行全力以赴的鼓舞和调动，有社会层面的，也有政治层面的。这一原则对国民党也同样适用。因为国民党同样也需要鼓舞人民大众，积极投入抗战活动之中。

随着战争的步步深入，中国的舞台上将会需要一个客观公正的仲裁者，来衡量投入抗战的双方的贡献。这个仲裁者会对双方进行检验。然而，这类仲裁也是需要先决条件的，即：国民党必须改变其风格，才能维持住它所占据的优势。

几乎没有什么理由能使人相信，蒋介石最优秀的军团可以成功地抗击现代化装备的日本军队。国民党仅仅依赖传统的军事作战，是远远不够的。如果国民党希望他们的投入能够产生出更佳的效果，则必须走得更远。

而在这点上，早在那个时期，延安对未来的展望就已经初具雏形了，显示出在政治素质上更为高瞻远瞩的水平。

共产党对国民党施加了不少压力，提出要建立一个进步的民主共和国，要求政治上的开放自由，以及社会领域里的改革。这些要求都超越了共产党自身简单的利益需求。

延安十分自信，共产党的这些措施，将会赢得广大人民群众的全力支持。但是，国民党政府也同样需要这些措施，以便巩固其政治基础。

假如国民党也走上了发动群众的道路，假如国民党致力于构建民主制度，让工人和农民也享有权利，那么，它本来也是可以成长壮大的。但是，国民党如果避开了社会改革，继续将它的统治基础建立在官僚和地主阶级的利益之上，那么，它将会日薄西山、渐趋衰落。

延安的领导人是否过于乐观了呢？他们相信南京会自动地进行社会改革吗？也许是的。因为共产党看到了统一战线所呈现的光亮，并在与蒋介石的谈判中，燃起了希望的火花。

不过，他们所下的赌注是属于双重保险的。假如南京不进

## 第十二章 回眸一瞥

行社会改革，中国的确会承受苦难。但是，国民党也将注定会成为失败的一方。

在延安看来，国民党最重要的需求，其实可以被拆解为一个简单的问题：蒋介石能否冲破他为自己设定的限制呢？如果他能做到，而且也真的去做了，那么共产党就可以支持他。

共产党呼吁要建立的民主共和国，是一个货真价实的民主共和国。如果这个愿望实现了，这并不意味着，政治斗争从此就结束了。那只不过意味着，政治斗争将转而登上政治舞台，双方都将有同样的机会，能够赢得中国人民的选举。

在抗日战争结束之后，国共重新开启了内战。其实，这本来并非是无法避免的选择。如果针对更加长远的未来景观，暂时尚无法看清楚的话，至少共产党对短期的预测，已经被证明是完全合乎情理的。

一旦发生日本入侵的情况，共产党就可以从陕甘宁边区朝东推进，到敌后去组织抵抗力量。他们预见到了这个大好的时机，而且也做好了准备，将充分利用这一契机，走向全国。

其实，1937年6月的时候，即便是延安的领导人，大概也没有想象到，在日后长达八年的抗战期间，共产党的抗日根据地，将会遍布整个中国。

当然，有人会肯定地说，共产党的确早已预见到了，他们的根据地肯定会不断扩大。无论如何，当初开始长征的原因之一，本来就是怀着希望，想把军队集中到一个在战略上比赣闽或华南其他那些根据地更加有利的地方。

通过这些军事上的行动,共产党超额完成了他们在统一战线谈判中所应该承担的任务。在一开始的时候,国民军事委员会分配给共产党的任务,就是在"敌后"开展工作。所谓的"敌后",就是已经被国民党军队丢失给日本人的地盘。

在战争初期,仅仅几个月之内,日本军队就占领了华北的大部分地区。共产党立刻就进入了这些地区,并开始了运作。仅仅几年之后,这些被牢牢掌控在日本人手中的华北地区就焕然一新了。

战争结束之前,游击队已经成长为一支庞大的军队,并且夺回了华北大部分被占领的地区。这支军队是建立在积极发动广大人民群众、共同抗击入侵者的基础之上的。

如果与国民党在军事行动方面逐渐减少做一对比的话,共产党开展的军事行动之广泛,就显得更加卓越、更加突出了。

到了1940年的时候,共产党领导的军队牵制了日本侵华军队的四十个师中的其中十七个师,占全部日军的五分之二。

1940年到1941年时,从头年七月到来年六月,国民党军队使日军遭受了182,094人的伤亡,而共产党则使日军遭受了130,010人的伤亡,占总数的百分之四十二。

如果考虑到国共双方在资源上的巨大悬殊差别,尤其是美国一直在稳步增加提供给重庆的援助,而却丝毫没有提供给延安,那么,这种比例就显得意义非凡了。

## 第十二章 回眸一瞥

答案还存在于另一个方面。共产党对中国农民中潜在的资源，进行了卓有成效的组织工作。农民的活力、主观能动性、各种特长和技能，无一不受到了共产党基层工作人员的关怀和近在咫尺的指导。而在国民党控制区的重庆，却没有进行任何发动群众的工作。

在抗日战争的最后几年间，这种军事行动上的悬殊差别就更加显著了。这段时间，蒋介石减少了他用于抵抗日军的部队，却从他装备最精良的嫡系部队中抽出来二十万人，在胡宗南的指挥下，包围了陕甘宁边区。

但是，共产党领导下的对日军的战斗，却一直在稳步前进中。1944年至1945年，占领了华北的日军部队基本上被驱逐出了乡村地区，而只能盘踞在较大的城镇和铁路沿线。那些地方完全依赖日军修建的碉堡和据点，以重兵把守。

国共两党在政治方面存在的悬殊，更是显而易见。因为统一战线的方针所提出来的目标，就是要建立一个民主共和国，并要进行最基本的社会改革。

在1937年夏季，当抗日战争爆发之后不久，在陕甘宁边区就通过民主选举，产生了当地政府。华北地区的游击根据地，大致上包括了从山西绵延到山东的数个省份。在这些地区均成立了民主选举的政府。政府成员包括在当地从事抗战斗争的民众代表，共产党员也在政府中占有一定的比例。

由于必须执行在统一战线协议中的那些条款，因此，没收地主土地的革命政策就成了不合法的行为，不再允许执行。但是，在整个游击根据地，地主们都必须严格遵守统一战线中有关减租减息的规定。

假如国民党也采取了同样措施的话，中国在抗日战争结束之后，本来也许会看到一个截然不同的时代。

在战争刚开始的头一年，国民党曾经允诺过，要做出一些改变，按照初始的愿望，真正地进行社会改革。但是，1938年时，国民党在汉口所制定的那个软弱的修订案，"武装抵抗及重建方案"，里面竟丝毫没有提及民主选举或者限制地主的剥削压榨，更没有落实其他条款。

到了1940年时，早先已经获得批准的民权被暂停了，新闻自由被废除了，政治异见者也被关押了。在国民党统治区，没有举行过任何选举。在重庆政权的卵翼呵护下，地主们一如既往，主持着乡村中的事务。

中国政府继续是蒋介石的军事独裁政府，就像从1927年便开始的那样。蒋委员长被证明是个无法超越自己弱点的人。因此，他丧失了与共产党合作的机会，去共建一个那时他们都准备建立的民主共和国。

具有讽刺意味的是，历史确曾把这个鲜活的选择再次端上了台面。这次机会是在战后出现的。那时马歇尔将军（General Marshall）正在试图调解国共之间的矛盾。

在1946年1月召开的政治协商会议上，除了共产党的代表，

## 第十二章 回眸一瞥

也有其他的第三方人士参加。在这次会议所达成的协议中,也制定了算得上比较开明的宪法草案。蒋介石被承认为"全国领袖",拥有了广泛的行政权力。但是,国家立法机关的选举委员会却强烈地反对此点。

虽然蒋介石曾公开发过誓,要遵守政治协商会议上达成的所有协议,但实际上,他却悄悄地掉转头来,反对这些协议。

1946年3月,趁着马歇尔将军去华盛顿之机,国民党中央执行委员会批准了协议中对削弱他们权利的那些条款的修改。直到此刻之前,内战本来都是可以避免的。但如今却成为必然。

回溯过往,一连串看似不可避免的事件,在初始阶段都曾是模棱两可、暧昧不明的。

1937年6月,中国政治处于尖锐突变的剧痛中。这种突变将会决定这个国家的未来。毛泽东为何能够如此清晰地预见到1949年中国革命将要取得的全面胜利,的确是个耐人寻味的有趣的问题。不过,就此问题的性质来说,还真不是一个容易回答的问题。

在延安度过的那几个日夜,我们几乎自始至终都被所看到的一幕又一幕场景深深吸引,充满了兴奋之情。至于这些新鲜事物从长远来看将会意味着什么,那时也只是偶尔在我们脑中忽闪过一下罢了。

但是,至少欧文·拉铁摩尔在当时便做出了一个大胆的预测。

在一篇为伦敦《泰晤士报》所撰写但当时没有发表的文章的

最后一段中，他这样写道："当我回味那次延安之行，认真思索时，在我看来，假如当初日本没有发起那场战争，共产党可能会以合法政党的面貌重新浮现，在全中国发挥其影响，并在他们已经控制的地区，拥有一个类似省政府的地位。如果日本人开仗了，假设共产党关于半殖民地国家的军民关系的理论是正确的话，那么，这个国家的大多数军队和人民就都会站到共产党一方来。"

提起延安，它所留给我们的那种强烈且经久持续的影响，其实并非仅仅由于我们在那里时所看到的各种各样的活动，而是因为那些活动本身所携带着的一种精神力量。

所有到访过那里的外国人，不分先来后到，无不深深受到洋溢在延安各个角落的那种气氛的感染。那是一种无法用语言和笔墨去形容的感受，而只能去亲身体验。

正是那种无法言传的气氛，吸引了无数追求自由和革命理想的青年学子，从中国的四面八方，奔赴到那片贫瘠的黄土高原上。

不言而喻，在那座缺吃少穿的陕北小城里，存在着一种独特的生活方式。表面现象所展示出来的东西，其实是蕴涵在更深层次上的根源。

除却插在朱德或周恩来上衣胸前口袋里的那支钢笔之外，你几乎看不到任何等级上的标志。红军司令员与普通士兵的军装，竟毫无区别。

也许你会注意到，就连吹军号的红小鬼的面颊上，也会浮现出腼腆却自豪的微笑。自尊与高贵，俯拾皆是。

在大礼堂中观看文艺演出时，领袖与其他人一样，皆为普通观众，大家随意就座，没有特殊席位。他们在街巷中行走时，也看不到前呼后拥的卫兵、戒备森严地保护他们的现象。

如果做个简明扼要的形容的话，那是因为延安有这样一群人，他们的胸中，充满了高尚的道德情操。在那个环境里，个人私欲必须向崇高的理念折腰。为了共同的事业，人人平等，官兵一致，齐心协力，顽强奋斗，大家分享着这种精神追求所带来的充实感。

那是延安最美好的岁月。

我们不难理解，为什么毛泽东会顽强不屈地奋斗着、坚持着，要把这种精神推广到整个中国。

use his translator. Home after midnight. Thursday, June 24.

Mass meeting in morning. Phil spoke first, then I, then Owen. To officers of one of the army corps — reserves in training, mostly those — also others. Lunched at home and took nap. Sat around and talked. Then Owen talked to minorities (28 — only 2 Mongols, Muslims about six, Tibetan of 2 kinds (about 8) — 1 Lolo, 2 or 3 Miao & Yaos.) While we (Agnes, Phil and I) went with Chu Teh and Wang across river to the party school — talked with heads and in-

Fig. Why China cannot become capitalist. Because both in present and past a semi-colonial country. Chinese bourg. dreams of this future. But neither China's condition nor present period permits.

China not prep. for long s-c. position, had it in past. Now preparing for independent position. This struggle is prog. under lead of the proletariat, and is fundamentally different from the history of constructing democratic states when bourgeoisie took the lead. Because the bourgeoisie of semi-col. country is weak, lacks energy, cannot take up the task. Proletariat must take it up. Since an indep. dem. republic is dif. from the b-d. republic in history, it is the united front of the proletariat, peasants & part of the bourgeoisie in form of republic. Without lead of prol., no rev. pos. in China. This condition determines the possibility that China can pass directly into socialist future without

两个笔记本

艾飞·希尔

兴致勃勃的游客(艾格尼丝、菲立浦·贾菲、毕森、乔治·费奇)及背景中的当地游人

在草滩渡口等候过河

在草滩渡过渭河

在草滩摆渡的现代莎伦(译者注:莎伦是希腊神话中在河上渡亡灵前往冥府之神)

贾菲让人背着过河

草滩渡口的其他行人

战胜了泾河

黄土高原一瞥

黄土高原的道路

在洛河陷入麻烦

老黄牛救驾

艾飞掌舵,毕森引路。

延安城门。城墙上的标语:和平统一　团结御侮

相逢在延安：（左起）菲立浦·贾菲、佩吉·斯诺（尼姆·威尔斯）、欧文·拉铁摩尔、毛泽东、毕森、艾格尼丝·贾菲

丁玲

中国人民抗日军政大学

延安的一支共产党军队。墙上的标语不太清楚，内容包括"国内和平 团结抗日"。

抗大教室中。标语上写着"为民主共和国而斗争",但仍然使用镰刀斧头的图案。

朱德

毛泽东

毛泽东

年轻的司号员

朱德与毛泽东

延安的四大领袖（左起）：毛泽东、周恩来、博古（秦邦宪）、朱德

在延安开会，听外国来访者讲演。

朱德做开场白。菲立浦·贾菲等候发言。

毕森讲演

延安的墙报：老百姓报

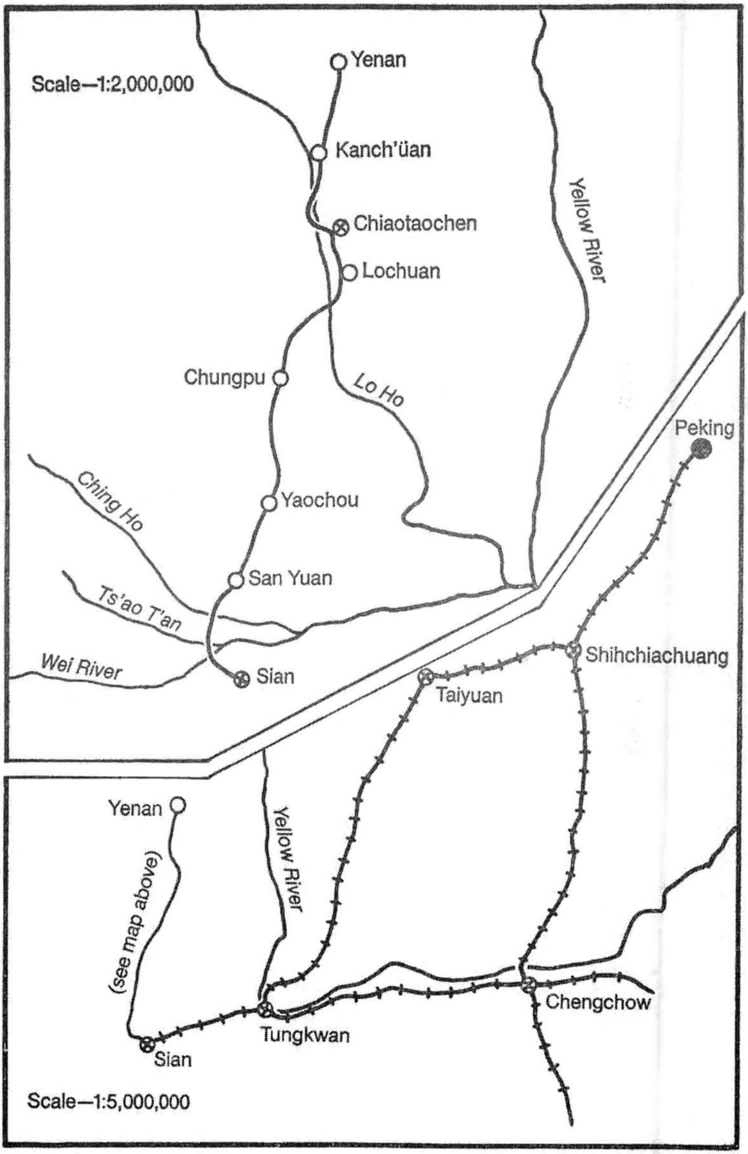
Scale—1:2,000,000
Yenan
Kanch'üan
Chiaotaochen
Lochuan
Yellow River
Chungpu
Lo Ho
Peking
Ching Ho
Yaochou
San Yuan
Ts'ao T'an
Wei River
Sian
Shihchiachuang
Taiyuan
Yenan
(see map above)
Yellow River
Chengchow
Tungkwan
Sian
Scale—1:5,000,000

附：

## 校园里那株美洲蕾

□ 李彦

1

它能进入我的视野，是因其独特的色彩。

几年前，小花园的砖石甬道旁，突然出现了一棵风姿绰约的小树。我是在某个春日里，匆匆穿园而过时，蓦然回首，被它吸引住的。

树干大约手腕粗细，树冠高约三米，长长短短的枝杈上，不见一星半点绿，却缀满了淡紫色、如珍珠粒般大小的细碎花苞，纤巧，秀气，灵动，映衬着清澈如洗的蓝天。

这是什么花呢？美得如此动人，却又如此含蓄温婉？

打听之下，方听说，原来是生长于美国南方的树种，名曰"美洲蕾"。

它是何时跻身此方宝地的？又是缘何名目呢？我不禁好奇。

这座花园不大，仅数百平方米罢了，夹在新旧几座教学楼之间，冠名为"东西方交汇园"。园里栽种着来自东亚各国的名花异草，与北美大地的土生佳丽们挤在狭小的天地中，竞相争艳。

华夏的翠竹、牡丹，东瀛的樱花，高丽的木槿，配上木桥下涓涓流水、草丛中隐秘的雁窝，便构成了一个和谐共存的世外桃源。

在这多元文化竞争并存的社会里，各族裔人士对空间的占有极为敏感，若说寸土必争，也绝不过分。为避免争端，校方不得不制定了严格的条款，限制人们随心所欲地栽花种草、恣意留情。

都有哪些规定呢？除了必须和东亚有渊源之外，还须得保持各族裔背景之间的均衡状态，不允许鹤立鸡群、独霸一方的局面出现。

譬如说，若干年前，日本驻渥太华大使馆赠送给学校一批樱花。整整18株，名目各异，品种齐全，有搔首弄姿的，有蛾眉淡扫的，个个都是风情万千。

然而，获准跻身小花园立足的，却仅有两株。其余的，则分别被栽种到房前楼后、车道两旁，或遮阴或站岗去了。樱花盛开时节，这里一丛，那里一簇，虽不失清丽悦目，却终未能形成铺天盖地、摄人魂魄的樱花海洋。

再譬如，在石头墙角的背阴处，藏着一株不甚起眼的丁香树，初夏时会绽放出一团团洁白似雪的花串。那是一个年逾90的白人老太太所捐赠的。她的女儿和女婿，原为我校教授。

多年前，夫妇俩曾去江西，从庐山脚下的孤儿院里领养了一个弃婴。原本一家子其乐融融，招人羡慕。不幸的是，女孩子小学毕业那年，养父母竟先后病逝了。因了这万里之外的渊源，老太太才获得批准，在长满青苔的园角，悄悄栽下了这株白丁香，于树下安葬了女儿和女婿的骨灰。

若再举一例，便要提到小木桥旁那两棵亭亭玉立的雪松了。栽下这两棵产自北美的雪松，是为了纪念瑞纳森学院的首任校长睿思博士。捐赠人是睿思的儿子，一个年过半百的雕塑家。

他辩称，自己从幼年时起便钟情于东方艺术，作品大多彰显了丰富多彩的中国和日本文化。言之有理。自然，雪松也名正言顺地落户了"东西方交汇园"。

那么，这株美洲蕾的出现，又是源于哪些说辞呢？

怀着满腔好奇，我走近了这棵亭亭玉立的小树，仔细打量。此时赫然发现，在树下的那片野草莓丛中，立着一块画册大小的浅灰色金属铭牌，上面镌刻着几行英文字：

"此树献给著名亚洲研究学者托马斯·亚瑟·毕森（Thomas Arthur Bisson）博士。他于1969年起在滑铁卢大学瑞纳森学院执教并创立了中国语言和文化课程。"

看到这个名字，我脑中忽地一闪，猛然间想起来了，大约在十几年前，图书馆馆长露易丝女士在行将退休的前夕，曾专门到我的办公室来，郑重其事地递给我一本薄薄的小书，并说，她估计我大概会有兴趣阅读并收藏此书。

当时，我于匆忙中，未及细看，扫了一眼，便放到书架上了。此刻却想起来，那本书的作者的名字，好像便是眼前这个。

匆匆返回办公室，在书架上翻找，终于找到了那本几乎被遗忘的小书。不错，作者的名字，和美洲蕾树下那块铭牌上镌刻的，分毫不差。

灰色的封面已经泛黄，颇为陈旧。这本仅仅70多页的旧书，是1973年美国加州大学伯克利分校出版的。

书名却颇为醒目：《一九三七年六月在延安：与共产党领袖们的会谈》。里面附有几十幅照片，包括作者与毛泽东等中国共产党领导人在延安的合影。

真没想到啊，自己栖身二十多年的这个小小的中文教研室，开创它的前辈，竟是一位美国人！而且是一位有着如此非凡经历的学者！

这个美国人的中文名字，可译作"毕森"。他是何方神圣呢？为何从未有人对我提起过这个名字？难道内中有什么难言之隐？

## 2

一番探索，我的猜测被证实了。

1900年，毕森出生在美国新泽西州一个普通的小职员家庭。上世纪20年代，他在哥伦比亚大学获得东亚研究领域的硕士学位后，这个雄心勃勃的年轻人便以传教士的身份远渡重洋，踏上了神秘的华夏大地。

他先是按照教会的安排，落脚于安徽蚌埠地区，在怀远县城一所中学里就职。其后不久，又转往北平，到燕京大学执教。

几年下来，凭着非凡的毅力，年轻人不但学会了既难写又难认的繁体字，还能操着一口略带口音的普通话，与路人简单交流了。

有趣的是，这个黄头发、蓝眼睛的"洋鬼子"在北京停留期间，竟然还积极参与了国共合作时期的"反帝爱国"运动，与中国人民一道，反对列强侵略、军阀压迫，似乎全然忘记了自己来华的初衷，甚至忘记了自己在这座舞台上本应扮演的角色。

回望早已消散在星空中的历史烟云，我不禁陷入了遐想。

也许，毕森年轻的身影曾经出现在"三一八惨案"的游行队伍里。他那双有力的大手，曾挽起过刘和珍君纤弱的臂膀，迎着街头的棍棒和子弹，在血泊里并肩战斗；也许，当李大钊和他的战友们被军阀政府送上绞刑架之前，毕森也曾和京城的文人志士们一同奔走呼号，全力营救……

不过，在北伐战争结束之后，这个热血青年却突然间陷入了沉默。对于掌控了大江南北的国民党政府，毕森竟彻底地失望了。

这一转变，究竟是因何契机所导致的呢？似乎是个谜。

无论如何，1928年的夏天，在中国停留了将近五年之后，毕森默默地离开了古都北平，从满洲里登上西行的列车，穿越茫茫的西伯利亚草原，绕道俄国，返回了他的故乡美国。

漫长的旅途中，望着车窗外空旷的原野、无垠的蓝天，年轻人那对本来就显得过于严肃深沉的眸子里，似乎增添了更多的忧郁、难言的哀伤。

也许，在随着铿锵的车轮日夜前行的那段时光里，毕森曾不无痛苦地叩问了自己曾经拥有的信仰，并陷入了深深的惆怅。

也许，华夏大地上那段波诡云谲的苍茫岁月，使毕森从一个虔诚的基督徒升华或者说蜕变为一个坚定的无神论者，并从此告别了传教士的使命。

回到美国后，毕森全身心地投入了学术研究之路，且成就突出。然而，他在大学攻读历史数年之久，眼看就要获取博士头衔之时，却突然间放弃了唾手可得的学位，转而到美国政府的"外交政策委员会"就职去了。

是福，还是祸？

多年之后，毕森坦言，那段时光，他已结婚成家，膝下有了两个嗷嗷待哺的子女，肩头负着养家糊口的沉重负担，权衡之下，便端上了那个待遇颇为优厚的饭碗。

这样说时，恐怕他的内心一定翻腾着酸楚难言的波涛吧。是啊，假若能够窥视到隐藏在海面下的那一座座锋利如刀的冰山，毕森还会踏上这条繁华热闹的人生航船吗？

也难说。

人们都知道，有性格决定命运之说。世上有不少人，哪怕是经历过刀山火海，九死一生，若是下辈子重来，依然会选择"忍看朋辈成新鬼，怒向刀丛觅小诗"的那种活法。

当我端详着照片上那个不苟言笑、似乎永远在沉思的青年时，便更加坚定地相信了自己的判断。

3

上个世纪30年代初期，中国大地烽烟四起，内忧外患。在这个动荡的年代里，隔着浩瀚的太平洋，毕森投来了他关切的目光。

那几年里，他用笔名，或者说化名，撰写过数十篇文章，赞颂割据闽赣一方、星星之火尚未燎原的中国工农红军，讴歌史诗般悲壮的万里长征。

这些文章均发表在纽约的《今日中国》杂志上。杂志主编兼左翼作家菲立浦·贾菲（Philip Jaffe），乃美国共产党总书记白劳德（Earl Russell Browder）的好友，因此才会大胆地刊登这类堪称敏感的文章。

在外人眼里，毕森这个传教士出身的美国青年，却对中国共产主义革命表现出纯真得近乎狂热的情感，似乎有些奇怪。我却并不惊讶。

一个多世纪来，不少在中国社会底层体验过生活、深谙民众疾苦的西方人士，都曾不约而同地赞赏和支持共产党革命，视其为灵丹妙药，或者说成功的捷径，借此可迅速改造半封建、半殖民地社会愚昧落后的状况。

例如在四川出生并服务多年的加拿大传教士文幼章（James Gareth Endicott），就曾以抨击国民党的腐败、支持共产党革命，而以"红色传教士"的称号享誉一方。

文幼章曾被周恩来总理亲切地称为"中国人民的老朋友"。在他90多岁高龄于加拿大去世前，曾殷殷地叮嘱其儿女，把他的骨灰带到他出生成长的地方——四川乐山，撒入滔滔流淌的大渡河水中。

我无缘见到这位颇具传奇色彩的"红色传教士"，但20世纪80年代中期，我刚刚出国时，曾去多伦多拜访过文幼章的儿子文忠志教授。他和父亲一样，在四川出生长大。时光荏苒，世事变迁，但与老人家一番恳切交谈，我仍能清晰地触摸到依旧在他胸膛里跳跃着的那颗火热的心脏。

同样，出生于湖北襄阳的传教士之子、在40年代末曾担任加拿大驻华大使的切斯特·朗宁（Chester Ronning），也对国民党政府的腐败深恶痛绝，并因此而同情且寄希望于中国共产党领导下的社会主义革命。

众所周知，1956年，在日内瓦国际会议上，那个预言了"中国的和平演变将在几十年之后发生"的美国国务卿杜勒斯，面对周恩来总理伸出来的手，竟然傲慢无理地昂头走过。那一刻，颇为令人尴尬。而在杜勒斯身后几步之遥的切斯特·朗宁见状，立刻疾步上前，紧紧握住了那只悬在空中的大手。

此举令周恩来总理深深感念，铭记于怀。

60年代末至70年代初，在加拿大政治舞台上，恰恰是由于这样一批在中国出生的传教士子女们在朝野上下奔走游说，才促成了加拿大政府突破西方阵营的孤立封锁，与中华人民共和国建立了外交关系。

4

30年代，美国青年学者毕森尽管撰写过一大批歌颂中国共产党和工农红军的文章，但他的额头上，尚未被人贴上标签。

那时的毕森，痛定思痛，已然抛弃了对上帝的信仰，转而拥抱马克思主义学说了。然而，他恐怕并未意识到，恰恰是他所背离的某些东西，早已在冥冥之中奠定了他的思想基础，才使得那颗种子，能够在合适的土壤里生根、发芽、开花。

身为一名东亚研究领域的学者，仅仅躲在曼哈顿摩天大楼的阴影下隔岸观火、奋笔疾书，岂能满足毕森这位年轻人内心的焦灼呢？

机会终于降临了。

1937年初，毕森凭借他优秀的学术成果，获得了"洛克菲勒基金会"的一笔研究经费，得以在当年三月底，以"美国外交政策协会"远东问题专家的身份,携带妻子儿女,重返华夏大地,再次踏入阔别了九载的古都北平。

无暇重温京华旧梦,也来不及留恋湖光山色。匆匆安顿好妻儿之后,那年春夏之交,毕森便马不停蹄地辗转于大江南北,调研采访了朝野上下多位举足轻重的角色。

5月底,他在南京采访了当时负责国民党党务工作的陈立夫。此人对国共合作所持的强硬态度,令毕森对中国局势的前景忧心忡忡。

耳听为虚,眼见为实。如何能亲赴陕北,实地考察,一睹那片充满神秘传说的黄土地呢?

毕森是幸运的。恰在此时,上帝伸出了援手。

居住在燕京大学的美国记者埃德加·斯诺,前一年曾悄悄奔赴陕北采访,与中国工农红军的领导人结下了深厚的友谊。于是,在斯诺的搭桥牵线下,一次秘密的旅行悄悄实现了。

与毕森结伴同行、前往延安探险的,共有四人。

一位是美国资深汉学家欧文·拉铁摩尔(Owen Lattimore)。他幼年时在华北长大,专攻东亚和蒙古史研究,堪称"中国通"。除了他对中国少数民族研究领域里的浓厚兴趣之外,拉铁摩尔从未踏足过颇具神秘色彩的古城延安。此时恰好在北平居住的拉铁摩尔,以专家姿态,兴致勃勃地策划了这次陕北之行的具体步骤。

此外,还有一对美国夫妇,就是纽约《今日中国》杂志的主编菲立浦·贾菲和他的妻子艾格尼丝。这对夫妇本来正在做数月之久的远东采风之旅，此时刚刚抵达了北平。

他们夫妇与毕森早就熟识，同为美国学界的左翼朋友。这一正在酝酿中的陕北之行，自然也勾起了这对夫妇的兴趣。于是，他们也欣然加入，一起凑成了这支小小的队伍。

对延安的这次闪电式秘密造访，发生在那年六月下旬，适逢"卢沟桥事变"爆发前夕。毕森采访中国共产党领导人之后所留下的笔记，对了解研究中国革命的艰辛历程，可谓是弥足珍贵的第一手参考资料。

然而，这些笔记却一直藏于名山，无人知晓。直到整整35年之后，借尼克松总统访华、中美关系解冻之机，才最终打破坚冰，得以出山面世。

为什么会拖延了这么久呢？

原来，20世纪50年代初，在美国发生的白色恐怖风暴中，人人噤若寒蝉，受迫害者遍布朝野。不仅是在陕北停留过数月之久的著名记者埃德加·斯诺，就连毕森和欧文·拉铁摩尔这样仅仅去延安逗留过短短四天的美国公民，也均被扣上了"中国共产党的同情者"这顶骇人的帽子，而遭到残酷打击。

当年，由于《红星照耀中国》这本畅销书而誉满全球、红得发紫的埃德加·斯诺，竟不得不告别祖国，将妻携子，背井离乡，远赴瑞士定居。

翻阅毕森这本薄薄的小书，我注意到，其短短的"序言"，恰是当年与他一同造访延安的汉学家欧文·拉铁摩尔所撰写的。

在结尾处,欧文·拉铁摩尔留下了一行文字,似杜鹃泣血,滴滴都透着难言之伤:

> 此刻,我怀着骄傲与悲伤交织一处的复杂心情,在瑞士的斯诺家中记下了今天这个日子。
>
> 一九七二年八月

那一年的二月十五日,埃德加·斯诺怀着满腹未竟的心事,与世长辞了。

六天之后,美国总统尼克松的专机顶着早春的寒流,在北京机场徐徐降落。人类历史上这崭新的一页,虽然翻开得晚了那么一点点,但终究可以告慰斯诺的在天之灵了。

当年与斯诺在燕园里过从甚密的朋友们,如毕森,还有欧文·拉铁摩尔,他们在延安,究竟都做了些什么?为什么会彻底改变了他们后半生的命运呢?

这本薄薄的小书告诉了我。

## 5

1937年春夏之交,斯诺的《红星照耀中国》尚未问世。未名湖畔草木青青,桃李芬芳,他却足不出户,日夜埋头于燕园的书斋里，忙着塑造他笔下那一个个鲜活得呼之欲出的人物。

前一年夏天，孤身一人在陕北的黄土高原上盘旋数月之后，他与窑洞里的红军领袖们已建立起了绵延终生的友谊和信任。可想而知，若非有斯诺的搭桥引荐，毕森这一行来历不明的陌生人，恐怕也无缘获得邀请、踏入那块禁地吧。

私下里，斯诺也有个小小的心愿。他的妻子海伦（又名佩吉）在那年初独自一人赴陕北采访，已在那片土地上滞留了不短的时间。虽然因水土不服，营养匮乏，海伦的健康不佳，她却固执地不肯离开，坚持要完成她对红军领袖们的采访计划。

斯诺请求毕森，等他们返程时，希望能带上他的妻子海伦，一同返回北平。

六月上旬，一个骄阳似火的日子里，毕森一行四人在正阳门东边的老火车站启程，离开了古都。

半年之前刚刚爆发的西安事变，虽然对国民党的剿共政策带来了戏剧性的转变，但统一战线的各项条款尚在秘密协商之中，国共双方均保持着警惕与戒备之心。

此前，包括斯诺在内的一些外国记者在访问陕北之后，在媒体上发表了一系列同情赞颂中国工农红军的文章，引起了国民党当局的恼怒。因此，对一切前往陕北的外国人，国民党方面均予以严厉盘查，千方百计阻挠刁难。

为了不招惹麻烦，毕森们故意虚张声势，做出西方旅游观光客的姿态，一路上沸沸扬扬，途经石家庄、太原、西安，参观名胜古迹，四处摄影留念，以麻痹从暗中投来的监视的目光。

西安城的宾馆，在那个年月里，算得上舒适豪华了，自然成为达官贵人们的下榻之处。

毕森们逗留古城的那些日子里，每天都在焦急地寻找契机，以便能够突破防线，顺利踏入陕甘宁边区。

他们遇到了种种困难，首当其冲的，便是寻找交通工具。正值一筹莫展之际，黑夜里现出了曙光。

毕森们结识了一位北欧裔青年：瑞典传教士之子艾飞·希尔（Effie Hill）。这个金发碧眼、四肢矫健的年轻人，出生在蒙汉杂居的河套地区，在贫困落后的塞外高原长大，且能说一口流利的方言土语。

看到照片上艾飞·希尔的模样，不难揣测，他大概属于生性好动、踏不下心来读书的那类顽皮青年。

果然，艾飞·希尔自幼辍学，四处闯荡，最后落脚古城西安，开了一家铺子，销售汽油，修理汽车，同时为达官贵人们开车，辗转于辽阔的大西北，赚钱谋生。

毕森一行抵达西安之际，艾飞·希尔刚刚卖掉了他的铺子，准备前往上海，在十里洋场上寻求新的发财机遇。好在他手里还剩下了一辆老掉牙的美国吉普，凑合着，也能派上用场。

于是，艾飞·希尔便带着毕森们，遍访古城内外。他们不但钻入了闹市深巷里的碑林、佛寺，也远足骊山脚下的华清池、终南山上的古刹。

欧文·拉铁摩尔这个满腹经纶的汉学家，与艾飞·希尔这个玩世不恭的社会青年一见如故，颇为投契。共进晚餐时，几杯烧酒下肚，这两个洋人就你一首、我一首地展开了比赛，看谁会唱的蒙古民歌、陕北酸曲更多，直把众人逗得前仰后合。

也许是志趣相投、惺惺相惜吧，艾飞·希尔这个桀骜不驯、从头到脚都透着一股"半吊子资产阶级"味道的年轻人，尽管起初颇为犹豫，但最终竟被口若悬河的欧文·拉铁摩尔打动了。大家谈妥了价钱之后，他便答应开上他那辆老吉普，带领这四个美国人，前往延安探险了。

说探险，绝非夸张。几百公里的路途，如今的高铁，不过一两个小时罢了，但对当年这几个西方人来说，却是举步维艰，不亚于唐僧师徒远征西天。

好在艾飞·希尔走南闯北，浑身是胆，精心做好了各种行前的准备。

铺子里那辆硕果仅存的道奇，颇有点老骥伏枥的悲壮姿态。车厢里塞满了美国人的行囊，包括黄豆罐头、奶酪饼干，外加几个人高马大的西洋男女。车子外侧的两旁，绑上了两个汽油桶，每个里面都灌满了二十加仑的汽油。浩浩荡荡地，开出了北门。

面对城门口国民党哨兵的盘查，艾飞·希尔甩过去一句地道的秦腔，"俺们带上行李出城去耍哩！"嬉笑声中，便轻而易举地蒙混过关了。

老道奇有时还乖，仅靠艾飞一双大手掌舵便罢，有时却不得不依赖浑身上下赤条条一丝不挂的纤夫们拉拽着，一寸寸朝前挪动。

躺在渭河畔的草滩渡口过夜时，成群的蚊子在耳旁嗡嗡叮咬。烦不胜烦之际，头顶上竟也传来了嗡嗡的噪声。

毕森仰头望去，但见暗蓝色的夜空中一盏红灯，忽明忽暗地闪烁着，由南朝北，径直远去了。

毕森们后来才得知，那架飞机上坐着的，乃大名鼎鼎的周恩来。他刚刚结束了在庐山牯岭的会谈，彼时正乘坐蒋介石的私人飞机，星夜赶回延安，向党中央汇报国共统一战线谈判的最新进展。

毕森们选择的时机，实在不巧，恰好赶上了高原盛夏山洪泛滥的季节。费尽周折，好不容易才跨越了渭水、泾河，却又数度被拦截在滔滔不绝的洛河两岸。

从三原通往甘泉的黄土路上，车子屡屡陷入泥泞不堪的山道中，一筹莫展，靠着过路的红军士兵或者附近村庄的农民肩扛背抬，才化险为夷，把垂暮老骥从泥潭里救出，让它再次发出微弱的喘息声。

也曾遇到过千钧一发的关头，在暴雨塌方造成的断崖旁，岌岌可危，命悬一线。幸好有艾飞·希尔这个镇定自若的江湖老手操控，才一寸一寸挪动着车轮，带领众人，与死神擦肩而过。

辗转了四天三夜之后，毕森们才终于在6月21日的黄昏，眺望到夕阳余晖映照下的宝塔山。

6

在窑洞里安顿下来的当晚，洗去浑身尘垢，换上洁净的衣衫，这些来自另一世界的年轻人，就开始迎接络绎不绝的登门拜访者了。

红军领袖中，除了驻守在云阳镇前线的彭德怀不能到场之外，该来的，几乎都来了。

此外还有丁玲。书中那张照片，身着军装，腰扎皮带，歪着脸庞，目光斜睨，清晰地捕捉到这位年轻的女作家我行我素、傲然于世的神态。

毕森提到，丁玲、海伦·斯诺、艾格尼丝这三位都是女权主义者，凑到一起，自然滔滔不绝，拉开了话匣子。

不过，我心中却生出了一丝疑惑。那个大名鼎鼎的美国女人史沫特莱呢？她怎么未见行迹？

史料记载，那年早春，史沫特莱在丁玲的陪伴下，从陇东前线采访完毕，抵达了延安古城。这个美国女人精力充沛，做派风风火火，又是消灭老鼠改善卫生，又是在天主教堂里举办交谊舞会，在宝塔山下刮起了一阵旋风，留下了众多脍炙人口的传说。直到那年盛夏，卢沟桥的枪声打响之后，她才追随八路军队伍，离开延安，奔赴太行山。

然而，此时此刻，史沫特莱应当仍在延安小城逗留。她的祖国同胞们远道来访，连丁玲都慕名现身了，喜欢热闹的史沫特莱，却因何成了缺席的角色？

也许，她其实来过，只是未在毕森的笔记中留下蛛丝马迹罢了。

夜深人静、星移斗转时，窑洞里的欢乐气氛依旧浓烈。红军小鬼们合唱了"红米饭，南瓜汤，野菜野果当干粮"之后，艾飞·希尔也当仁不让地站起身来，吼出一曲石破天惊的"信天游"。他那惟妙惟肖的演唱，自然赢来了满堂喝彩。

毕森们虽为谦谦君子，也未能躲过窑洞主人的好客。之前斯诺来访时，已经尝试过中国人新鲜独特的热情了，因此早在燕园时就提醒过毕森。但对于习惯了仅仅在教堂和学校合唱队里，中规中矩地站成排展示歌喉的西方人来说，在陌生人面前引吭高歌，依然是个尴尬万分的考验。

毕森忸怩着，推却了半晌，却无处遁形，末了只好入乡随俗。他红着脸，低声吟唱了一曲《我的肯塔基故乡》，观众却仍不罢休。接着，他又唱了一曲《跨越最后一条河》，才总算是过了关。

然而，这个美国青年学者的内心，却洋溢着一种从未体验过的快乐。

对我们的欢迎仪式,一直持续到夜深人静方才结束。延安给我们留下的第一印象,是完全出乎意料的。我们对所遇到的一切,都毫无精神准备。一种异乎寻常的轻松甚至是欢乐的气氛,充溢着整个夜晚。这种气氛所留给我们的感受,是难以言传的,而只能去体验。它充满了迷人的魅力,并从此伴随着我们,日益增长。(选自《1937,延安对话》)

在毕森的笔记中,留下了那个夜晚铭刻于他心头的震颤。

他敏锐地观察到,虽然人来人往,川流不息,毛泽东却没有中途告退。自始至终,他都兴趣盎然地守在窑洞里,陪伴着几位远方来客。

从书中所附的几帧照片上看,当年的毛泽东面容消瘦,神情严肃。那微皱的眉峰,忧郁的目光,似乎显示出,他正在为统一战线所面临的新局面而殚精竭虑、苦思冥想。

但在毕森眼中,毛泽东却是个谈笑风生、机智诙谐、充满魅力的人物。

即便到了今天,我的同事勃兰特教授偶然从我手中看到了书里的照片时,也禁不住一迭连声地感叹,赞扬中年的毛泽东"竟然如此英俊潇洒、气质超群"!

当毛泽东得知,贾菲夫妇除了在纽约出版发行左翼杂志之外,还同时兼做批发商,经营圣诞卡生意时,他便脱口而出打趣道:"上帝保佑你生意兴隆啊!"

这位共产党领袖显然慧眼识珠、求贤若渴。

毕森调侃说,我们这几个美国学者,毛泽东一个都没看上,他却偏偏相中了开车带我们来的司机艾飞·希尔,那个生着一头淡黄色短发的瑞典青年。

小伙子聪慧机灵,那年不过二十多岁,操着一口流利的陕北土话插科打诨,逗得所有人都开怀大笑,走到哪里都是最受欢迎的人物。他不仅谙熟中国西北的风俗民情,还有一手修理汽车的绝活,实属黄土高原上打着灯笼也难觅的人才。

此前的两年,1933—1935年,艾飞曾受雇于瑞典地质学家斯文·赫定,为他组建的"中国-瑞典探险队"驾车,辗转于哈密、吐鲁番、罗布泊、敦煌、西凉一带,度过了一段跌宕起伏的艰难时光。

由于当时正值西部各路军阀混战,艾飞曾在枪口胁迫下被掳走,为军阀头目马仲英开车,在刀尖上度日如年。

马仲英便是中国作家红柯笔下那位毁誉参半的"西去的骑手"。艾飞表面上玩世不恭,实则机智过人。他凭着满腹的笑话,满口的酸曲儿,赢得了马仲英的好感,与这个在别人口中"杀人不眨眼"的将军建立起友谊,最终得以安然脱身。

在延安的日子里,尽管毛泽东费尽口舌,竭力劝说艾飞,请他留下来,帮助红军培训并管理一所能修理机动车辆的技术学校,可这个我行我素、自由散漫惯了的小伙子却没有做好心理准备，不情愿留在穷山恶水的黄土高原上生活，因此谢绝了毛泽东的真诚邀请。

但是，几天之后，在大家告别延安、返回西安的途中，当欧文·拉铁摩尔询问起小伙子对毛泽东的看法时，艾飞·希尔却收起了他的嬉皮笑脸，神情严肃、颇为认真地吐露了他的观察：

"我在中国走南闯北，啥样人没见过？但迄今为止，在我遇到的所有中国人里面，只有毛泽东，是能够统一全中国的那个人！"

惊讶吗？这个年轻的外国人，何以在全国性抗日战争的序幕即将正式拉开的前夜、毛泽东尚未以中国共产党领袖的雄姿登上国际舞台之前，便有如此的远见卓识？

其实一点不奇怪。

由于命运的驱使，这个金发碧眼的年轻人出生成长于贫困落后的乡间底层，又与三教九流、黑白两道均有来往，从商贾官宰到贩夫走卒，他早已熟谙华夏大地上的山川河流、一草一木，通晓黎民百姓的喜怒哀乐、悲欢离合。他那来源于社会实践的真知灼见，远胜于多少纸上谈兵的迂腐书生、投机钻营的文人墨客。

别说是艾飞·希尔了，即便是初次接触到中国共产党人的这几位美国学者，短短数天的延安之行，竟也如魔咒一般，为他们的世界观打上了终生不渝的烙印。

那究竟是一股什么样的力量呢？

7

在延安停留的日夜里,几个美国人不仅参观了由天主教堂改建的中央党校,还来到拥有一千五百多名青年学员的中国人民抗日军政大学里,与师生们面对面交流。

时任抗大校长的林彪,因骑马跌伤,在老乡家疗养,缺席了。于是,几个美国人与朱德一起,轮流为学员们发表了时事讲演。

那张黑白照片上,呈现出毕森站在一张破旧的木桌旁,挥动着手臂讲话的现场镜头。他的身后,是一排低矮的土坯房,年久失修,连房檐和窗棂都是歪斜不齐的。几百名年轻的红军战士环绕四周,在泥土地上盘腿而坐,专注地凝视着远方来客。有人还手握铅笔,在小本子上认真地记录着。

毕森特别留意到,在延安天主教堂里的西方传教士们,似乎与共产党相处得颇为融洽。例如,从外界邮寄到延安的报刊书籍,收信地址竟然可以写为:陕西肤施(延安旧称)天主教堂。

留意到这种细节,不知这位传教士出身的青年学者,是否曾在心头生发出复杂的感慨?

夜幕降临之后,来宾们迈入了红军的大礼堂。那是一座简陋、粗糙的建筑,就像北美农庄上常见的储存粮草的大谷仓那样。美国来访者与红军领袖们一起,坐在狭窄的木板条凳上,挤在数百名红军战士中间，观看了令人耳目一新的文艺表演。

这些节目中，除了红小鬼们表演的破除迷信讲卫生的活报剧外，毕森特别提到了用二胡竹笛伴奏的芭蕾舞片段，还有高尔基的话剧《母亲》选场，可见峥嵘岁月里因陋就简、洋为中用的种种实验。

在延安停留的四天之间，汉学家欧文·拉铁摩尔花了整整一个下午的时光，与红军队伍中的少数民族战士们交流恳谈。他们之间，有蒙、藏、回、苗、彝、羌、纳西等不同民族。欧文·拉铁摩尔捧着满满的收获，深感不虚此行。

据史料显示，中国工农红军的二万五千里长征，曾经过苗、瑶、壮、侗、土家、水、黎、布依、仡佬、纳西、彝、藏、白、羌、回、东乡、裕固等多个少数民族聚居区或杂居区，占红军长征经过地区的多半以上。每经过一个少数民族地区，红军都大力宣传、执行党的民族政策，提倡各民族平等，反对民族压迫，尊重少数民族的宗教信仰和风俗习惯，支持和帮助少数民族开展对反动政权的经济和政治斗争，帮助少数民族建立武装和人民政权。同时还向他们宣传革命道理，吸收他们加入红军队伍，使红军的队伍日益壮大，最终到达陕北。

而这些少数民族红军将士，不仅是为改变个人命运参加红军，更是受到革命感召，为实现更高远的理想加入了这支最终改变中国命运的队伍。

不是吗，这些在长征途中抛家弃舍、参加红军的各族同胞，哪个不是人中之龙、精英好汉？他们义无反顾地跟随着红军，跋山涉水、浴血奋战，来到黄土高原的穷乡僻壤里安营扎寨，吃糠咽菜，吸引着他们的，显然不是打土豪分田地、大块吃肉大碗喝酒这种简单的物质憧憬，而只能是人类最珍视的东西——平等与尊严。

毕森们在延河畔上演的重头戏，是对几位共产党领袖紧锣密鼓式的日夜采访。

毕森难掩他心头的钦佩与惊讶。面前这几位壮年男子，衣衫褴褛、朴素无华，与普通士兵几乎无甚区别，却个个都是受过高等教育的知识分子，对中国局势乃至世界形势皆了如指掌，胸中似有雄兵百万。

毛泽东的书房，是山坡上一座狭小的窑洞，堪称简陋、寒酸。几个洋人，外加翻译，一进去便占满了所有空间。在那里用餐，实在不便，晚饭只好挪到了朱德家中享用，只因他的窑洞略为宽敞，且多了几件家具，布置得稍微像样些。

红军队伍里人才济济。毕森注意到，年轻的英文翻译十分出色。因此，连欧文·拉铁摩尔这个通今博古的汉学家都卸下了他心头的负担，免除了随时应急救火的需求，得以轻松自如地闲坐一旁，专注地聆听与思考。

那个时刻，毕森们岂能料到，担任翻译的燕京大学毕业生黄华，不仅前一年曾陪同斯诺辗转陕北，若干年后，他还将出任中华人民共和国的外交部部长，在世界舞台上展露其才华。

那年，毛泽东虽然已经四十三岁了，但他精干瘦削的身材、敏捷利索的动作，却焕发出一股扑面而来的青春活力。

……显示出年轻小伙子一般的气质来。不知为何，他的种种优点和魅力完美得融为一体，再加上他深邃的思想、审慎的态度，竟让人感觉到一种高深莫测。

更出人意料的是，他会在每次采访开始时，突然间抛出来一串连珠妙语，既生动又幽默。虽然我没能记录下来，但岁月如梭，这么多年过去了，他的谈笑风生、潇洒自如，却依然深深地刻印在我的脑海中，鲜明如初。（选自毕森《1937，延安对话》）

年近五十的朱德，身材魁梧，精力充沛，虽然曾在德国留学数载，但他似乎丝毫未受到欧风的熏染。他那憨厚的面庞，爽朗的大笑，使人感受到田间老农般的亲切自然。来宾们几乎在瞬间便被他征服了。

朱德的那种人格魅力，带有潜移默化的色彩。在延安停留的几天之中，事无巨细，这几个美国人不由自主地就会把目光投向朱德，向这位值得信赖的长者征求意见。

此外，毕森也十分欣赏朱德在回答问题时那种简明扼要、直截了当、干脆利落的风格。对于要做笔记的人来说，这当然是求之不得的优点。

周恩来比他们两人都年轻，那年才三十七岁。周恩来十分坦率，回答了毕森提出的各种问题，而且令毕森惊讶的是，周恩来竟然可以用英文和他们做一些交谈。

油灯的光焰在夜风中忽闪，投射在窑洞的土墙上，幻化出一片片扑朔迷离的图案。

面对来自大洋彼岸几位学者的采访，中国共产党领袖们那些深思熟虑、成竹在胸的回答，似乎早已为躁动于母腹中即将诞生的婴儿，绘制了步步生莲的远景规划。

读着读着，我却心绪复杂，陷入了茫然。

静谧的星空下，窑洞里的创业者们是否设想到了，若干年后，当他们一个接一个告别了这片土地后，子孙们将不得不面对一波又一波严酷的挑战，不得不摸索着翻越一重又一重险峻的高山？

……

四天之后，在晚霞的映照下，毕森们依依不舍地告别了延安。

南下的归途中，艾飞驾驭的老骥蹒跚挪步，穿行于八百里秦川的蜿蜒故道上。

窑洞里的歌声悠然在耳，与脚下的坎坷、未卜的前景，形成了鲜明对照。那歌声是如此淳朴，如此清亮，似乎要冲破沉淀了千万年的厚重的黄土，为华夏文明迎来一线曙光。

8

返回北京仅仅五天,毕森尚未来得及整理好纷繁的思绪,完成他的考察汇报,卢沟桥头就燃起了硝烟。

这几个在延河畔留下了匆匆足迹的美国青年,将会迎来怎样的命运呢?

那个曾经准确预言了毛泽东未来的瑞典青年艾飞·希尔,是否按照他初始的梦想,转赴十里洋场,成功捞金,摇身一变,成为腰缠万贯的富翁了呢?

遗憾的是,自从艾飞与毕森们在西安火车站珍重道别,历史便淹没了这个小人物的身影,从此无处打捞他的痕迹了。

那对美国夫妇菲立浦·贾菲和艾格尼丝呢?他们离开延安后,是否继续环游世界,且后事如何?

经查找资料,我了解到,原来菲立浦·贾菲在延安停留的那几天里,美国女记者史沫特莱,的确也在场。二人曾经会面交谈。贾菲从她那里了解到陕北红军缺医少药的严重状况。因此,贾菲夫妇返回纽约后,向美国共产党总书记白劳德做了汇报,并立即携手行动,成立了"国际援华委员会",筹款募捐,并于来年一月初,派遣了以白求恩大夫为首的美加医疗小组赴华,支援中国人民的抗战。

贾菲并不是共产党员。他在青年时代结识了旅美共产党人冀朝鼎,受他的影响,爱上了中国文化,并开办了《今日中国》

杂志，刊登大量左翼知识分子的文章。此种背景，自然从未淡出过鹰犬的视线。

1945年春，贾菲位于纽约的杂志社数次遭到美国情报部门夜袭，盗走了几百份资料。那年初夏，贾菲被美国联邦调查局送上了法庭。他经营了多年的杂志社，遭到被关闭的下场。夫妇二人从此破产，身影淡出了历史舞台。

海伦呢？她是否跟随着毕森们告别陕北、返回北平、与丈夫团圆了呢？

仔细梳理毕森留下的笔记，显然没有。

照片上的海伦，风姿绰约，潇洒自信。她的命运，却令人扼腕。

这对夫妇相识相恋于华夏大地，在峥嵘岁月里携手十年，共同度过了人生最美好的青春年华，在我看来，堪称珠联璧合、令人欣羡的一对伉俪。

1935年冬，在北平爆发了"一二·九"抗日救国运动。据说，海伦曾积极参与了其中的许多活动。夫妇二人当时在北平城胡同里的那个小巢，成为掩护学生领袖们聚会的秘密场所。不少燕京大学的学生领袖，后来都加入了共产党，包括在历史上留下了铿锵脚步声的一个个人物，例如黄华，还有我最心仪的女性，新中国第一代女外交家龚澎。

全国抗战爆发后不久，斯诺夫妇便奔赴上海，投身于宋庆龄女士领导下的"保卫中国同盟会"，与一批中外友人一道，帮助中国人民抵抗日本的侵华战争。

谁能料到呢，海伦与斯诺的纯真爱情，最终竟以离婚的悲剧收场。

离婚的原因众说纷纭。也许是由于海伦不甘心自己的写作才华被埋没，顽强地要与声名鹊起的丈夫平分秋色。她精心撰写的第一部传记作品《红色中国内幕》，又名《红尘》，终于出版了。但毕竟晚了一步。此书潜在的光芒，被淹没在丈夫那部书的巨大辉煌之下，未能引起世人的关注。

50年代初，斯诺与一个美国女明星再婚后，因遭到美国当局的压制，不得不远赴瑞士定居。留下海伦，孤独一人，终老故乡。

令我感慨的是，无论世事风云如何变幻，这位意志坚强的女性，直到临终，都恪守着心中那盏油灯不灭的光焰。

中国人民从未忘记过患难中结识的老朋友。中华人民共和国成立之后的岁月里，斯诺曾数度访华，并在毛泽东主席陪伴下，登上天安门城楼。

1972年初，得知斯诺病卧不起，毛泽东主席和周恩来总理亲自委派黄华，率领中国医护人员，赶往瑞士，在斯诺家中给予他悉心治疗、临终关怀，陪伴他走完了人生这最后一程。斯诺的部分骨灰，遵其遗嘱，被送往他魂牵梦系的东方古国。

去年冬天，在一个寒风飕飕的日子里，我踏着燕园弯曲的小径，寻找到松柏掩映下的斯诺墓碑，静静地凭吊了这位不该被遗忘的国际友人。

那位曾与艾飞·希尔把酒言欢、称兄道弟的资深汉学家欧文·拉铁摩尔呢？他的下落如何？

当年离开延安之后，拉铁摩尔曾前往重庆工作，在抗日战争期间，担任过国民党政府的顾问。当美国国会进行公众辩论时，欧文·拉铁摩尔以他的真知灼见，对美国在亚洲的政策，做出了意义深远的贡献。

1940年8月，在由《今日中国》更名为《美亚》的杂志上，欧文·拉铁摩尔发表了一篇重磅文章，预言中国必将赢得抗日战争的胜利，并将把殖民主义势力从中国的租界中驱逐出去。

他宣称："美国现在必须要决定下来，究竟是支持一个注定要失败的日本呢，还是支持必将赢得胜利的中国？"

然而，二战结束后，由于麦卡锡主义所掀起的白色恐怖狂潮，欧文·拉铁摩尔和一批曾经在华工作的美国外交部官员，例如谢伟思、戴维斯等人，均被指控为间谍。落到他们头上的罪名，是"受到了马克思主义的影响"。

1950年，国会议员麦卡锡挥舞大棒，把毕生致力于学术研究的汉学家欧文·拉铁摩尔挑出来，单独示众，指控他为"俄国派驻美国的头号间谍"。

虽然这种耸人听闻的指控最终查无实据，但连续数年之久在国会里举行的拉锯式聆讯，依然得出了不利于他的结论，声称欧文·拉铁摩尔曾经发表过"同情斯大林和苏联"的言论。

谁能相信呢，在美国这个标榜为"民主先锋"的国度里，"因言治罪"的大棒，也曾在空中乱舞、戕害贤良。

这种荒唐结论，不仅导致欧文·拉铁摩尔丧失了他在国务院所担任的公职，也最终断送了他在美国研究领域里辉煌的学术生涯。

和埃德加·斯诺一样，欧文·拉铁摩尔也被迫离开了他的祖国，远赴英伦，去利兹大学担任了中国研究的教授。

直到步入晚年，中美关系解冻后，历史翻开了新的一页，垂垂老矣的欧文·拉铁摩尔才返回他的故乡罗德岛，在远离人烟的乡间僻野，悄然辞世。

## 9

最后要谈及的人物，便是这本小书的作者我的前任毕森教授了。

这位在中美外交史上留下了深深足印的美国人、这位决定脱离上帝怀抱的传教士，都经历了上帝赋予他的哪些人生磨难呢？

2017年，普林斯顿大学出版社发行了一部新书《基督教新教徒在海外：试图改变世界然而却改变了美国》。

作者戴维·霍林格（David A. Hollinger）是美国加州大学伯克利分校历史系的荣休教授。那里，曾经是毕森教授的伤心地。

戴维·霍林格认为，在二次大战期间，影响了美国对华政策的几位中国研究专家，除了大名鼎鼎的哈佛学者费正清、作家赛珍珠等人之外，还有毕森。

在抗日战争期间，毕森曾公开发表过百余篇水准颇高的论文，备受赞赏，因而被视为美国的东亚事务专家中的领军型人物。

1938年，毕森的重要著作《日本侵华》一书由美国大出版社麦克米兰推出。书中对南京大屠杀残暴事实的无情揭露，率先于所有西方人的报道。

1942年，珍珠港事件爆发仅仅几个星期之后，毕森便以专家身份，重返政坛，进入美国的战时经济委员会就业，为政府的财政资源分配，承担起出谋划策的重要角色。

然而，世上没有不透风的墙。

自从毕森秘密到访过延安之后，他其实早已经惹上了麻烦，被美国情报部门暗中列为嫌疑人士，千方百计地试图证明，他是个共产党。

这种怀疑和迫害，就像悬在他头顶的一把利剑，威胁了毕森长达十几年。

1943年初，毕森在美国国会里挺身而出，开诚布公地赞扬中国共产党，因而遭到了右翼势力的猛烈攻击。

忍无可忍之下，毕森愤而辞职，离开了首都华盛顿，转赴纽约，到老朋友主持的学术机构里，重拾其研究工作。

接下来，在纽约的"太平洋关系研究所"停留的那两年期间，毕森发表的一系列文章，继续毫不留情地批评美国政府的政策，认为这些政策深受美国军方势力和西方帝国主义分子的影响，剥夺了亚洲人民自决自主的希望。

在其中一篇文章中，毕森甚至攻击了国民党，尖锐地指出，该党带有浓厚的封建主义色彩。与此同时，他却再次盛赞了中国共产党。

根据他在延安短短四天采访时所获得的印象，毕森写道："中国共产党在广大农村地区所采取的政策，完全是一场民主革命，而非人们主观臆断的纯粹的共产主义运动。"

我相信，毕森所言不虚。

当他们一行抵达延安的时刻，中国共产党正处于一个崭新的历史转折关头，调整了在江西革命根据地时"没收土地"的激进政策，改为减租减息运动，以便争取团结社会各界人士，结成更为广泛的统一战线，共同抗日。

然而，这句尊重客观事实的真话，却为毕森后半生的不幸命运，埋下了导火索。在未来那场忠奸不辨、是非混淆的白色恐怖运动中，毕森将深陷泥淖，无力自拔。

在当时的美国，由于他这篇文章，毕森的风头，甚至一度超越了畅销作家赛珍珠。

这位美国女作家的名字，对中国读者来说，并不陌生。赛珍珠虽然在中国长大成人，但她在1932年时就已离开了中国。

她因那部描写中国一个农民家庭的小说《大地》而声名鹊起，不但获得了1938年度的诺贝尔文学奖，且被西方世界认为是自马可·波罗之后，最具影响力的中国事务阐释者。

赛珍珠虽然靠写作谋生，但显然不是纯艺术追求者。她不但坚定不移地反对帝国主义、种族主义，并且竭力呼吁："每个民族都有自己独特深厚的文化传统，这个世界并不需要被打造成一个美利坚帝国。"

对比当今世界错综复杂的环境，不由得深深感叹这位女作家的超前意识和高瞻远瞩。

1943年时，赛珍珠所扮演的角色，几乎就是美国总统夫人埃莉诺·罗斯福的中国事务顾问。她的意见，对总统夫人有着举足轻重的影响。

那年深秋，赛珍珠在著名的《生活》杂志上发表了一篇文章，猛烈抨击蒋介石政府对共产党人的大屠杀。

她甚至预言，由于国民党政府极度腐败，抗日战争结束之后，中国老百姓很可能会选择"跟着共产党走"。

敢说这种话，胆量可谓不小！可赛珍珠是谁？出版了70多部书，作品被翻译成36种文字，粉丝遍布全球。她才不怕右翼媒体的疯狂围剿呢！

比起赛珍珠的锋利言辞，毕森是有过之而无不及。

这两位美国人，一男一女，同为传教士出身，同为高产作家，同样曾在二十年代生活于淮南农村，深谙底层百姓的疾苦。

假如他们灵犀相通,理念一致,也丝毫不难理解。

正如戴维·霍林格教授一针见血所点透的:"传教士们的初衷,本来是想把这个世界改造得更像美国的模样。结果却事与愿违。他们使美国变得更加像这个世界了。"

毕森那一篇又一篇立场鲜明、观点新颖的文章带给他的,不仅仅是外在的名声,更多的是深深的自信。

那是从穿越西伯利亚原野的列车上酝酿的、在颠簸于八百里秦川黄土地上成熟的、矢志不移的自信。

## 10

任何事物,都有其两面。自信,是力量的源泉,也会是肇祸的事端。

第二次世界大战结束之后,毕森再次踏入裹着污泥浊水、深不可测的美国政坛。

毕森跟随着麦克阿瑟将军抵达日本,从事战后的复建工作。仅仅两年之后,他的刚直不阿,加上他旗帜鲜明的左翼倾向,便再次给他的外交生涯惹下了麻烦。

由于毕森对日本政府的公开指责,引发了他与麦克阿瑟等高级官员之间的矛盾冲突。很快,毕森就被情报人员指控为"渗透到美国占领军中的左翼分子"了。

无奈之下,毕森只得离开日本,回到美国,再次退出政坛,转往相对来说清静单纯的学术圈。不久,毕森便凭借他在学术研究领域里的优异成果,获得了加州大学伯克利分校的讲师职位。

然而,命运那诡异的翅膀,似乎一直如影随形,追在他身后,无论如何也摆脱不掉。

没过多久,流言蜚语就开始出现了,像幽灵一样,在伯克利的校园内外游荡。那些毫无根据的谎言不断侵蚀着毕森的心绪,给他的教学和研究都带来了重重困扰。

1952年,毕森被迫前往首都华盛顿,站到参议院"内部安全委员会"的面前,去接受严苛的聆讯。

苍茫岁月中,他曾经撰写过的洋洋洒洒的"雄文",此时被一一翻出,摆到案前,变成了"罪证"。

与他并肩驱车,秘密前往延安采访的那两位朋友——曾毫不掩饰地同情中国共产党的欧文·拉铁摩尔和菲立浦·贾菲——也成为毕森"亲共行为"的佐证。

所幸的是,不幸之中,也有万幸。

据戴维·霍林格教授所言,毕森从1934年到1937年间,曾用笔名和化名撰写过数十篇歌颂中国工农红军的文章,发表在《今日中国》杂志上。而这批铁证如山的"罪证",却均被悄悄地隐瞒了下来,未遭到知情人的检举揭发,因而避免了更大的灾难降临到他的头顶。

哈佛大学中国研究中心的著名学者费正清,也曾被迫站到美国国会面前，经历了脱一层皮似的考验。过大堂时，右翼势力口沫横飞地指控说，费正清的亲共思想和言论以及所谓的"哈佛中国帮"，影响了美国的对华决策。好在哈佛大学在政治压力面前，选择了保护自己的员工，为费正清保住了他赖以维持生计的饭碗。

毕森却未能幸免于难。

一切都源于三十年代的那个一念之差。当初，面对膝下一双幼小的儿女，他忍痛放弃了即将到手的博士学位，选择了接受待遇优厚的外交部官员职位。此时，面对来自华盛顿的巨大压力，加州大学也无法通过用终身教职的方式，来保护这位优秀的学者。

年过半百，著作等身，毕森在加州大学伯克利分校的学术生涯，却就此凄凉地中断了。他背着政治的黑锅，四处求职不果。天高地阔，却容不下一位真诚的学者。

屋漏偏逢连夜雨，船迟又遇打头风。此时已长大成人的儿女，品学兼优，双双被美国的一流名校录取了。可高昂的学费，从何而来呢？

毕森夫妇忍痛卖掉了温馨舒适的家宅，搬入租来的一套狭小、简陋的公寓里。无法站在讲台前高谈阔论、指点乾坤了，那就放下身段，到街头一家小书店里做个卑微的店员，捉襟见肘、忍辱负重地活着。

那是一段什么样的岁月呢？走向人生暮年的毕森，又是如何落脚加拿大滑铁卢这座偏远的小城,并最终进入了我的视野呢?

11

开始寻找后,很快,我就联系上了第一位知情人尼古拉。

他,就是"东西方交汇园"里那两棵北美雪松的捐赠者:瑞纳森学院首任校长睿思的独子。

说起来,这位年过半百的雕塑艺术家,算是我的旧识了。

2008年的秋天,红枫遍野的日子里,刘庆邦、刘震云、格非、白烨这四位中国作家应邀来到滑铁卢,参加我和同事们策划举办的"首届中加顶尖作家研讨会"。

阳光温暖的白天,两国文人们在校园里促膝恳谈。街灯亮起的夜晚,我曾带领中国作家去拜访一位独居的老艺术家。

穿越寂静无人的街头,我们来到日渐衰败萧条的小城中心,步入一座由废弃工厂改建的公寓楼中,敲开了底层一扇狭窄的小门,侧着身子进去了。

尽管这是一间管道纵横、几无转圜之地的居室,但能在家中欢迎来自东方古国的文人,尼古拉显然十分激动。

他一一指点着那些摆在案上、贴在墙头、悬在门后的作品,压低的嗓音中透出忐忑与羞涩,叙述着他的华夏梦。

琳琅满目中,有的像殷商遗址的青铜器,有的似半坡村的陶罐瓶，也有些戴着罗马式头盔的武士们，又似乎掺杂着外星人的传说。

听着尼古拉略带紧张的解说，看着那些光怪陆离的艺术创作，中国作家们礼貌地点着头，面露赞赏的神色。

但从他们目光中闪烁的矜持，我似乎读懂了他们藏于内心的判断：这位从未踏上过中国大地一步的艺术家，不过是云游在他的幻想中，营造着那个遥远的文明古国罢了。

恍惚之间，十年便过去了。

在一年一度的校庆宴会上，我偶尔会看到尼古拉孤独的身影。每当注意到他鬓边日渐增多的白发，我脑中便会涌现出在那间斗室里展开双翅翱翔的"华夏想象"。

传言说，小城里有不少女人，曾钟情于这位温文尔雅、淳朴善良的艺术家，与他交往了多年，却眼睁睁看着他韶华流逝，青春不再，也终未赢得他的青睐。

隐隐地，我却似乎觉得，这位心无旁骛的艺术家，一直在孜孜地寻找并执着地等待着什么。

我拨通了尼古拉的电话。十年过去了，他依然记得我，也记得那个中国作家从天而降的不眠之夜。

我克制住心头泛起的微澜，一番简短寒暄后，便直截了当地端出了问题。

"当年，您父亲睿思校长是如何与毕森教授联系上的？又是如何请他来到滑铁卢小城任教的？"

尼古拉说："我父亲是位历史学家，青年时代曾在不同国度学习、工作。他一贯倡导，要培养和拓宽青年学子的国际视野。六十年代初期，父亲担任瑞纳森学院的校长后，决心要扩展学术领域，创立国际研究方面的学科，因此便引进了一批卓有建树的知名学者。"

"噢，明白了！"我迫不及待地打断了他慢条斯理的语速，"您父亲可真是独具慧眼的伯乐啊！他是怎么发现了毕森教授的？"

"父亲是在美国的一所大学做访问学者时，与毕森偶然相遇的。毕森渊博的学识给父亲留下了深刻印象。他不仅造访过延安，也曾在中国和日本都工作过许多年，不仅汉语流利，而且对东亚文化和历史更是了如指掌，实属那个年月不可多得的亚洲通。"

尼古拉的父亲十分同情毕森在美国的遭遇，毅然决定邀请他来加拿大，在瑞纳森学院执教，为滑铁卢大学开创了中国文化和语言等课程。

山不转水转，水不转人转。

瑞纳森学院虽然隶属于滑铁卢大学，为其提供数个领域的教学与科研任务，但因该学院受教会系统管辖，拥有一定程度的独立自主权，所以才能够顺利地避开某些行政管理上的干扰，大胆引进像毕森这样被贴上过标签、列为另类的特殊人才。

于是，1969年的夏天，年近七旬的毕森夫妇重整行装、跨越烟波浩渺的尼亚加拉大瀑布,辗转进入了加拿大。

在滑铁卢大学校园附近一条蜿蜒起伏、浓荫蔽地的街道旁,他们筑下了漫长人生旅途中最后的一个小巢。

"从那时起,我父亲与毕森便成为莫逆之交了。"尼古拉在电话里说。

那一年,尼古拉多大了?我在脑中悄悄推算着。

时光倒流。我仿佛看到了一个恬静腼腆、温顺乖巧的少年,于初秋的傍晚,跟随在父亲身后,步入毕森家那座被红枫洇染得斑斓绚丽的小小的庭院。

也许,少年尼古拉曾安静地坐在沙发上,捧着精致的青花瓷杯,轻嗅着茉莉花茶醉人的芬芳。

也许,他曾睁大好奇的双眼,小心翼翼地翻阅着一本本异国情调浓郁的画册,悄悄构思着一个又一个奇异美妙的传说。

也许,那些来自遥远东方的文明符号,那些承载着高原风沙、铁马冰河的悲壮,从此便伴随着晚霞中的风铃,叮当鸣响着,潜入了少年的梦境,培养造就了这个"东方艺术雕塑家"。

哦,校园里那株美洲蕾,可是尼古拉悄悄栽种的?

## 12

上个世纪,进入七十年代之后,曾经目睹了那段峥嵘岁月的人们,似乎都在完成了他们的历史使命之后,一一地与这个世界告别了。

　　尼古拉的父亲睿思校长，这位胆识过人的伯乐，在引入学者毕森两年之后，于1971年夏天的一个夜晚，因心脏病突发，匆匆地离开了这个他还没来得及打造一新的校园。

　　1973年早春，曾与毕森相识于中国大地又并肩驰骋于美国政坛的赛珍珠，也离开了这个世界，终年八十二岁。

　　一年之前，她曾积极运作，并成功地挤入了尼克松总统访华团的代表名单，期盼着加入那次破冰之旅，却因病未能成行，留下了终生遗憾。

　　这位在战争岁月里曾不顾一切地为中华民族发声、呐喊的女作家，望穿秋水，也终未能在有生之年，重新踏上那块"大地"，再看上最后的一眼。

　　"零落成泥碾作尘"，"到底意难平"。不难理解，遵其遗嘱镌刻在她墓碑上的名字，为何不是英文，而是那三个厚重如黄土般的汉字：赛珍珠。

　　这一年，美国学者毕森离开那条在夜色中忽闪着流萤的河水，已过去整整三十五个寒暑了。在他的垂暮之年，那本藏于名山的作品，终于得以面世出版。

　　在书的结尾，毕森倾吐出隐藏了大半生的心曲。

　　　　提起延安，它所留给我们的那种强烈且经久持续的影响，其实并非仅仅由于我们在那里时所看到的各种各样的

## Yenan in June 1937: Talks with the Communist Leaders

活动，而是因为那些活动本身所携带着的一种精神力量。

所有到访过那里的外国人，不分先来后到，无不深深受到洋溢在延安各个角落的那种气氛的感染。那是一种无法用语言和笔墨去形容的感受，而只能去亲身体验。

正是那种无法言传的气氛，吸引了无数追求自由和革命理想的青年学子，从中国的四面八方，奔赴到那片贫瘠的黄土高原上。

不言而喻，在那座缺吃少穿的陕北小城里，存在着一种独特的生活方式。表面现象所展示出来的东西，其实是蕴涵在更深层次上的根源。

除却插在朱德或周恩来上衣胸前口袋里的那支钢笔之外，你几乎看不到任何等级上的标志。红军司令员与普通士兵的军装，竟毫无区别。

也许你会注意到，就连吹军号的红小鬼的面颊上，也会浮现出腼腆却自豪的微笑。自尊与高贵，俯拾皆是。

在大礼堂中观看文艺演出时，领袖与其他人一样，皆为普通观众，大家随意就座，没有特殊席位。他们在街巷间行走时，也看不到前呼后拥的卫兵、戒备森严地保护他们的现象。

如果做个简明扼要的形容的话，那是因为延安有着这样一群人，他们的胸中，充满了高尚的道德情操。在那个环境里，个人私欲必须向崇高的理念折腰。为了共同的事业，人人平等，官兵一致，齐心协力，顽强奋斗，大家分享着这种精神追求所带来的充实感。

那是延安最美好的岁月。

我们不难理解，为什么毛泽东会顽强不屈地奋斗着、坚持着，要把这种精神推广到整个中国。（选自《1937，延安对话》）

白发三千，初衷未改。

我敬佩这人间难得的真诚、执着。

还有什么可畏惧的呢？一年前，睿思校长的突然离去，加速了毕森心头的紧迫感。面对生命的短暂，我们没有时间缩手缩脚，踌躇不前。

留下这部绝笔之作数年之后，1979年7月6日，这位在戴维·霍林格笔下"天分极高却命运多舛"的学者毕森，怀着满腹未竟的心事，永远地合上了他的双眼。

毕森为滑铁卢大学所开创的中文教学课程，也随着他的离去，戛然而止，画上了句点。

据说，那一年的秋天，有人捐赠了一株树。毕森的遗孀菲丝和儿子汤姆也来到校园，参加了栽种小树的仪式，以此缅怀他们的亲人——一位是非功过盖棺未定的杰出学者。

不知又过去了多少年，漫天飞雪的冬日里，一场飓风席卷小城，摧毁了校园里那棵不知名的树。

那是一棵什么样的树呢？捐赠者是谁呢？它曾屹立在校园

里哪个角落，无言地注视着天际飘过的云朵？

无人能够告诉我。

毕森的妻子菲丝活到九十二岁高龄，早已离世了。他的儿子汤姆在哈佛大学任教，住在数千里之外的美国波士顿，很少光顾滑铁卢小城。

一晃，又是无数个日夜过去了。

2013年，不知是谁，捐赠了这株小树——典雅秀丽的"美洲蕾"——固执地不肯让毕森这个名字在岁月浪潮的冲刷下被淹没、忘怀。

"那株美洲蕾，是您捐赠的吗？"我问尼古拉。

尼古拉否认了我的猜测。但他在电话上告诉我，栽种美洲蕾的那个秋日里，毕森的儿子汤姆曾专程从哈佛大学赶回来，参加了在"东西方交汇园"里举行的纪念仪式。

于是，在哈佛大学的网站上，我看到了汤姆的头像。睿智的目光，清癯的面颊，知性儒雅，酷似其父。

当晚，邮箱里便跳出了这位历史系老教授给我的回函。

"亲爱的李彦：我很高兴地得悉，你在一个十分了不起的领域里从事着教学和研究的工作。"

"我的父亲毕森在1930年与我的母亲菲丝结婚。我母亲是在南京出生长大的。我的外公是南京大学的奠基人之一。你可以阅读一下《约翰·威廉姆斯在南京》这本书。读完那本书，你就可以了解到我母亲家族的背景了。"

他也委婉地提到，父亲毕森的"左倾观念成为阻碍他事业发展的羁绊"。

在信的末尾，他感叹说："如今我已步入人生暮年，正致力于中世纪法国史的研究……我恐怕没有时间和精力，再帮你做其它任何事情了。"

屈指一算，汤姆竟已是年近九十的高龄老人了。我心头涌起一阵悲凉。历史的真相，会随着一个个生命的离去，而被彻底地丢失、遗忘。

此外，汤姆的信，悄然拨响了我脑中的一根琴弦。除了他的父亲毕森，汤姆似乎也在暗示，希望我了解一下他母亲的家族成员，特别是那个似乎与中国有着某种神秘瓜葛的外公。

## 13

几经周折，我终于找到了《约翰·威廉姆斯在南京》这本上世纪三十年代在美国出版的旧书。

汤姆的外公，即毕森的岳父威廉姆斯，竟然也在中国历史上留下了不可磨灭的痕迹。

威廉姆斯算是美国东部贫寒人家出身的子弟。少年时代，他就跟随着父亲一道下井，当过矿工，靠着辛勤劳作，积攒学费，才读完了大学。

1899年，在传教士走向世界的高潮中，威廉姆斯带着新婚的妻子离开美国家乡，在火车和轮船上度过蜜月，抵达中国，并从此永远地留在了那片土地上。

威廉姆斯在中国生活的二十八年期间，适逢华夏大地内忧外患的岁月，历经了义和团运动、辛亥革命、军阀混战。

在接连不断的天灾人祸面前，威廉姆斯辗转于江南大地，致力于医疗、教育、赈灾等各种工作，并数次回到美国募捐，成功筹集到大笔资金。于是，在1908年，他返回南京，购置地皮，兴建了一所学校。

十里秦淮，繁华所在，但自古便为兵家争夺之地，历经战火焚烧。石头城内，不可思议地存在着大片荒芜的废墟。

在石城及鼓楼的残砖烂瓦间，金陵大学诞生了。副校长威廉姆斯独具慧眼，坚持把校园内所有建筑都设计成宫殿式楼房，外观是古色古香的琉璃瓦大屋顶，内部却采用了方便的西式结构，与不远处的鼓楼、鸡鸣寺交相辉映，可谓中西合璧的完美典范。

记得十几年前的夏天，我初次到访南京大学，文学院的唐建清教授曾热心地带领我浏览了老校园，欣赏那里残存的旧日风光。

他曾指点着一座砖石结构的灰色西式小楼、几座气宇轩昂的琉璃瓦大屋顶教学楼，还有一座被淹没在摩天大楼酒店的金属光影下却更加凸显出朴实端庄的塔楼，自豪地叙述着它们逝去的辉煌。

当初，金陵大学建成仅仅数年之后，中国北方发生了严重的旱灾，黄河流域的黎民百姓约数万人，扶老携幼涌入南京，乞讨求生。

威廉姆斯校长自幼在矿区的艰苦生活中长大，深谙民众疾苦，于是果断地决定，将校园内闲置的空余之地划出来，亲自带领难民，破土耕耘，种植红薯及瓜豆，自力更生，解决温饱。

接下来，他又恳请南京市政府支持，将紫金山麓的荒山野岭开垦出数千亩来，种植梨、桃、杏、葡萄等果木林。并就地取材，采石筑路，在山坡下修建了一排排简陋的房舍，安置难民，使大批无家可归的逃荒者，通过积极劳动，换取报酬，得以安身立命。

威廉姆斯校长对中国社会的积极贡献，不必赘述了。

然而，读着读着，我却惊呆了。谁能料到呢，噩运竟然以那样一种凄惨决绝的方式，降临到这个善良无辜的老人头上。

1927年春天，北伐的战火，从南到北，烧到了金陵。各路军阀在抓兵、抢劫之后，纷纷弃城，夺路逃命。石头城里，满目疮痍，一片狼藉。

3月24日清晨，彻夜未停的枪炮声，似乎渐渐稀疏了一些。金陵大学的大部分职工，都已安全转移了。威廉姆斯校长与留守在校园内的几名职工，匆匆攀登上灰砖塔楼，朝城南眺望。

只见一支军队举着青天白日旗，骑着高头大马，由远而近。也许是出于自保的需要，也许是诚心示好，威廉姆斯校长当下与教职工们一同走出校门，举着小旗，列队欢迎蒋介石麾下的"国民革命军右江军"。

1906年时，威廉姆斯曾经在日本会见过孙中山先生，听他阐述过改造社会的美好理想。然而，对这支打着孙中山旗号的队伍，威廉姆斯校长，究竟了解多少呢？

至今众说纷纭、无法澄清的是，不知由于何种原因，北伐军各部攻占了南京城后，纪律便彻底失控了。某些士兵不仅捣毁洗劫了外国领事馆，也闯入了金陵大学校园，到教职员工的宿舍中，挨门逐户，劫掠财物。

那个时节，尚未成名的赛珍珠也住在金陵大学的校园中，和她的丈夫一起，教授英美文学课程。幸好，打砸抢发生之前，夫妇二人已扶老携幼，仓皇逃入一户贫穷的中国人家里，躲在破旧的小棚子之中藏身了。因此，虽然他们在金陵大学校园中那座舒适的小宅被洗劫一空，全家老少三代人却都保住了性命。

威廉姆斯校长责任在肩，自然无法像其他人那样，自顾自地逃命。

他和几名职工一起，试图与蜂拥而至的士兵们讲理求情，但却被蛮横的枪杆子挡住，遭到了强行搜身。士兵们气势汹汹地威胁着，要枪毙这些外国人。

威廉姆斯校长的手腕上戴着一只手表，颈上垂着一个十字架银链，均被一个士兵劈手夺下。

威廉姆斯用中文乞求这位士兵说："这块手表并不值钱，但那是过世的母亲留给我的纪念品,求求你,把它还给我吧!"

然而,一切都来不及了。

威廉姆斯的话音刚落,这个士兵便对准面前这位老人的太阳穴,扣动了扳机。

……

读到此,我放下了手中的书,不忍再读下去了。

那年参观南京大学校园时,我曾路过修葺一新的"赛珍珠故居",也曾在一座古老的小教堂门前穿过。那里松柏掩映,黄莺啼飞,阶前的木架上,悬挂着一架小铜钟,斑斑点点,生满绿锈。

记得在炎炎烈日下,唐建清教授曾指着草丛中一块字迹模糊的石碑,说了句什么。

也许我是被蒸腾的暑热折磨得有些心烦意乱吧,因此没有仔细聆听他的解说。此刻回想起来,嗯,是的,他仿佛是在提醒我,那块石碑,记录了一桩著名的历史事件。

约翰·威廉姆斯校长的中文名字"文怀恩",是否镌刻在了那块石碑上?他的魂魄,可曾凝聚在锈迹斑斑的铜钟上,默默注视着一代又一代莘莘学子,从他面前匆匆走过?

14

掩卷叹息,我似乎恍然所悟:当年正在燕园执教的那个美国青年毕森,为何从热心参与国民党的"反帝爱国运动",到突然间对这个政党生出了深深的失望，为何他会毅然脱离了传教士之路、抛弃了对上帝的虔诚信仰。

信仰？威廉姆斯校长的长女，名叫菲丝，英文意为"信仰"。像许多出生在中国大地上的传教士子女一样，她也骄傲地把自己称为"中国人"。

上个世纪二十年代前后，当菲丝还是一个年轻活泼的姑娘时，曾多次跟随父亲威廉姆斯校长返回美国，为金陵大学筹款募捐。

1923年，在纽约的哥伦比亚大学举办的圣诞节晚会上，她遇到了即将完成研究生学业的毕森。也许是青年男女之间的一见钟情，也许是深受奉献者高贵情操的感召，第二年，毕森也步其后尘，毅然踏上了传教士之路。

抵达上海，奔赴淮南乡下的途中，毕森曾路过南京。在金陵大学的琉璃瓦屋顶下，他目睹了威廉姆斯校长操着一口流利的汉语，为中国学子讲课。

他也看到可爱的菲丝姑娘从花园里采来一束束滴着露水的长枝玫瑰，在小教堂里布置精美的茶点招待会，款待左邻右舍。

菲丝生长在秦淮河畔，会说中文，不算稀奇。还是个牙牙学语的小姑娘时，她就跟随着家中的中国保姆，悄悄钻入王公贵族废弃的旧日庭院，在残留着破金鱼缸的竹影下，寻找民间传说中那些美丽多情的狐仙。

上小学后，她曾跟随父亲，乘坐马车，钻入郁郁葱葱的紫金山，在明孝陵前，听父亲讲述悠久迷人的华夏历史文化，并从此爱上了这片孕育她成长的天堂。

在菲丝的带领下，毕森见识了江南贡院的科举考场，在两万多间密密麻麻的号舍前，领会到无法言传的震撼。

也许是为了向这个纯洁可爱的姑娘证明点什么吧，短短几年之后，毕森便以非凡的毅力，攻下了方块字这个艰难的堡垒。

翻阅《约翰·威廉姆斯在南京》这本书，我注意到，1927年，威廉姆斯校长罹难的那个悲惨时刻，他的长女菲丝并不在身旁。

她，在哪里呢？

我悄悄揣测，她，大概正在遥远的北平。

那一年的春天，毕森和菲丝这对青年情侣，应该正处于热恋之中吧。他们是在倒映着白塔的太液池碧波中荡舟时，还是在踩着玉兰花瓣的颐和园长廊里漫步时，获悉了从金陵传来的噩耗呢？

菲丝匆匆赶回了南京，陪伴着伤心欲绝的母亲，告别了她和两个妹妹出生成长的江南，返回了大洋彼岸的故乡。

第二年夏天，毕森也离开他所执教的燕园，登上了跨越西伯利亚原野的列车，返回了美国。是因为心爱姑娘的凄然离去吗，还是残酷的现实浇熄了他对上帝的信仰？

恍惚中，我似乎也理解了哈佛大学历史系教授汤姆在事业上的选择：中世纪法国史研究。

他没有追随外公和父母的足迹，去探求亲人们终其一生也未能走完的漫漫长路,而是另辟蹊径,埋头故纸堆中,远远地避开了那条曾令几代人悲伤落泪的征途。

## 15

汤姆对古都北平的记忆,围绕着一辆奔驰的黄包车,徐徐地浮现了出来。

跟随父母踏上中国大地的那一年,他年仅六岁。犹记得和四岁的妹妹肩挨肩,手拉手,并排坐在黄包车的座椅里,随着中国车夫矫健的脚步,飞快地穿越京城大街小巷的时刻。

人生记忆中无忧无虑的童年岁月,多么美好,多么令人留恋啊!

"快点,快点,故宫要关门了!我和妹妹在车上跺着脚,焦急地大声喊叫。"回忆起往事,汤姆那对已经浑浊的眸子里,闪烁出几点光亮。

面对着高龄八十七岁、记忆与思维却依旧清晰敏捷的老人家,我忽然间失去了接连提问的老习惯。我沉默着,不忍打断他的思绪,惟愿把分分秒秒都留给老人家,任由他随着心愿去回想、叙说。

这是夏日里最后一个黄昏,在哈佛大学校园的北面,一条幽静的街道上。

几天前,我提前离开了北京举办的国际翻译交流活动,匆匆赶回了加拿大的滑铁卢小城，紧接着，又马不停蹄地立即飞往美国波士顿，只因内心深处，一直隐隐地担忧着什么。

汤姆开启门扉的那一瞬间，我才卸下了心头的重负。

长餐桌上，早就摆好了一幅幅镶嵌在玻璃框里的珍贵的照片。黑白照片虽已褪色、发黄，那一张张栩栩如生的面庞，却早已鲜活地跳跃在我的心间。

哦，爬在玲珑剔透的假山石上喜笑颜开的一对小儿女，那是北海的静园呢，还是故宫的御花园？

在杨柳飘拂的昆明池畔野餐的几个成年人，是否正在协商延安之行的秘密方案？

毕森去延安采访之前，事先安排妻子儿女离开了北平城。汤姆和妹妹跟随着母亲菲丝，一同乘坐火车，抵达北戴河，在那里停留了整整三个星期。

邀请他们到海滨别墅度假的，是当年与威廉姆斯校长同船来华的几位传教士的家人。他们中的很多人，都是菲丝童年时代在金陵大学校园里青梅竹马的小伙伴。

汤姆是在美国出生的。长到六岁了，还是第一次来华。他注意到，在北戴河度假的这些美国人，不分男女老幼，个个都操着一口流利的中文。孩子们之间，也明里暗里地悄悄竞赛，炫耀谁的中文更流利，显摆谁的词汇更丰富。

"彦，我一直有个问题，多少年过去了，都没搞明白。你现在来了，正好可以请教一下了。"汤姆盯着我，颇为认真地说，

"真奇怪，真奇怪，是什么意思呢？"

天哪，那几个字，老人家是用中文唱出来的。我立即明白了，激动地鼓励他，把整首歌曲全部唱出来。

> 两只老虎，两只老虎，
> 跑得快，跑得快，
> 一只没有眼睛，
> 一只没有尾巴，
> 真奇怪，真奇怪，
> ……

我的眼睛湿润了，喉头哽塞。

> 快来吃饭，快来吃饭，
> 真好吃，真好吃，
> ……

汤姆苍老的声音在空中回荡着。

第二段那生疏的歌词，显然是北戴河那群调皮的美国孩子们自编自造的，仅仅是为了练习中文罢了。

忽然，老人的歌声卡住了，再次转回了英语。

"唉，后面的两句是什么呢？怎么就记不起来了呢？"他望着窗外，目光中流淌出遥远的海浪、痴情的向往。

"除了这首儿歌，您还记得哪些中文词汇呢？"我刨根问底，继续挖掘。

"饺子。"汤姆立即说出了这两个字，基本上字正腔圆。

"不过，"老人又连忙补充说，"我去中餐馆吃饭时，每当点菜要饺子，人家总是不明白我想要的是什么。所以我一直怀疑，是否我的发音不准确啊！"

我笑了，安慰老人说："您的发音丝毫没问题。恐怕是中餐馆的广东老华侨听不懂普通话罢了！"

汤姆说，即便是全家人返回美国后，在自己家里，父亲和母亲之间也常常用中文对话，尤其是当他们不想让孩子们知道谈话内容的时候。

对汤姆和妹妹来说，那种气氛，既神秘又亲切，留下了无比温馨的回忆。

"父亲虽然很早就接受了马克思主义的无神论观念，但他从不强迫我母亲放弃她的信仰。星期天，母亲带着我和妹妹去教堂，他也从不加干涉。"汤姆说，"他们相濡以沫，度过了艰难的岁月，即便二人在宗教信仰上有分歧，也从未影响过他们的感情。"

真正的爱情，是心灵的契合。

菲丝活了九十多岁，一生敬仰丈夫的人品，坚信他的正直与无辜。即便在毕森辞世之后，她独自一人在养老院里生活的那十几年中，也从未放弃过为毕森"平反昭雪"的努力，坚持着在冥冥之中的守望。

如今，毕森与菲丝相伴，双双长眠于滑铁卢小城外一片绿草如茵的墓园里，已经很多年了。

"说来遗憾，我已很久没回到滑铁卢，去父母的墓前探望了。"汤姆平静地说道，"你知道，我的时间十分有限，必须在有生之年，抓紧完成我的中世纪法国史研究课题。"

他深深地叹了口气，接着说道："当初，为了支持我和妹妹的学业，父母亲每年都必须要凑够两千美元的学费，真不知道他们是如何挣扎度日的。我深深懂得他们节衣缩食的艰难。直到我从哈佛毕业、考上普林斯顿的研究生之后，拿到了全额奖学金，可以自食其力了，才算松了一口气。因为从那个时候起，我才减轻了父母肩头的重担。"

"您父母当初陷入困境，不得不卖掉房屋的时候，有没有保存下来什么从中国带回来的纪念品吗？"

汤姆慢慢地从座椅上站起身，带我来到了隔壁的书房。他指指脚下的地毯，让我看。

"即便是卖掉了房子，连母亲养了很多年的小花猫，也狠着心送给了人，父亲都没舍得卖掉这两块从中国带回来的地毯，还有那些青花瓷。"

说着，他抬起手，拉开了靠墙的一扇棕色的木柜门，展示出里面大大小小、形态各异的瓷器。

我匆匆扫了一眼木柜里面的青花瓷，深知自己是外行，缺乏鉴赏力。

低下头来，仔细打量脚下的地毯。浅驼色背景上，那一个个精美典雅的蓝色图案，既像铜鼎又像小篆，隐含着多少神秘的符号！

天色暗下来了。杉树的浓荫透过窗玻璃，投在地毯上，图案模糊不清了。

我带着独居的老人出门来，步行到街头一家高档中餐馆，陪他重温京华旧梦。帮老人点了几样他记忆中的美食之后，话题便扯到了金陵大学上。

汤姆说，2002年春天，他再次踏上中国的土地，距离1937年陪同父母首次到访，已经过去了整整六十五个年头。父母早已长眠于大地，而他自己，也从牙牙学语的儿童，变为步履蹒跚的老翁了。

"那次学术会议的地点，恰好在南京大学。幼年时，常常听母亲念叨紫金山、鼓楼这些字眼。"汤姆一边吃着春饼，一边回忆。

"在南京停留了不到一个星期，我独自一人，悄悄在校园里转悠，寻找到了母亲童年时居住过的那些地方。有些老旧的楼房，依稀可辨当年的模样，虽然它们都早已派上了别的用场。"

那几天里，适逢南京大学百年校庆。汤姆在与人闲聊中，提到了依旧健在的姨母玛丽。她是母亲的小妹妹。一百年前，玛丽就出生在这座绿草如茵的校园里。上一代人中，仍然活着的，只剩下她了。

南京大学校方如获至宝，立即拜托汤姆，打去隔洋电话，联络身在美国的玛丽，热情邀请这位百岁老人重返南京故居，参加庆典活动。

"姨母虽然身体有恙，卧病在床，无法前往南京，但她心里是异常高兴的，因为人们没有忘记她。几个星期之后，她便怀着满意的心情，离开了人世。"

我松了口气，庆幸当年校园里那场兵乱中的屠杀，没有终生缠绕在玛丽的心头，剪不断，理还乱。

菲丝呢？她是如何对儿女们描述金陵校园里那一幕惨剧的呢？我不忍端出心中的疑问，令老人心伤，便压下了这个念头。

汤姆一边慢慢咀嚼，一边又谈起了父亲。

"当年父亲在加州大学遇到危机时，曾把他去延安时记录的那些珍贵的笔记本包裹好了，放进一只鞋盒里，藏在了一只木箱子底部，上面再压上不同的鞋盒等杂物。他把这只箱子交给了校内的一位好友，替他保存。你可以想象，在那人人胆战心惊的日子里，假如这些笔记被人发现了，将会给父亲带来的，必然是没顶之灾！当然，就连那位好友也根本不知道，那只箱子里面，究竟藏了些什么。"

我迫不及待地追问："那些笔记，是什么时候回到您父亲手中的呢？"

"那是1967年,我前往伯克利大学任教时。那一年,我女儿刚刚出生,父母从美国东部远道来加州探望我们。此时,他那位好友才把木箱子送回到父亲手中。记得父亲当时就在客厅的地板上打开了木箱,看到藏在箱子底部的笔记依旧完好无损,他长舒了一口气!整整十几年了,既没遭到老鼠啃噬,也没遇到霉菌侵袭,难道不是奇迹?"老人消瘦的面颊上,绽开了笑纹。

"您父亲一生,遭受了这么多磨难,他是否后悔过青年时代选择的道路?"我难掩好奇。

汤姆轻轻摇了摇头,目光炯炯盯着我说:"我父亲终其一生,都坚信自己的看法是正确的。尽管他受到了那么多的迫害,尽管后来世说纷纭,他也从未放弃过对毛泽东、周恩来的信念。如果你的研究能够发表出来,也就对得起我父亲对中国一生的热爱了。"

饭后,女招待端上了赠送的甜点,烘烤得松脆焦黄的幸运饼。

我打开一枚,取出了夹在里面的小纸条,一读之下,禁不住笑了。

"哈哈,汤姆,上帝的旨意,是要通过我的行动,告慰你父母的在天之灵呢!"

"纸条上写的是什么呢?"汤姆凝神屏息,让我念给他听。

"一个快乐的举动,将驱散成千上万个悲痛。"我抑制住激动,看着他的眼睛说,"您知道吗?我手中的笔,就是那个举动!"

16

返回学校,再次步入"东西方交汇园"的时候,那株美洲蕾又映入了我的眼帘。

从第一眼看到它,几年已经过去了。小树又长高了,沐浴在夏日明丽的阳光下,一派成熟端庄的风貌。

那珍珠般的花蕾,早已随春风飘散,了无踪迹。枝条上挂满了翡翠般碧绿的叶片,一枚一枚,皆为心的形状。是的,一颗颗鲜活的、跳跃的心脏。

它的捐赠人,究竟是谁呢?至今还是个未解之谜。然而,这点似乎已不再重要了。

学校每年刊出的捐款名单上,常会有匿名者出现。真正的基督徒,与中国人同样,崇尚做好事不留名。

想到那盛开时满树细碎的花苞,既非浓烈炫目的"大红",也非娇艳欲滴的"粉红",而是淡雅柔和的一片浅紫——那融合了红与蓝的中间色,也许,这株美洲蕾,含蓄地寄托了捐赠人欲言又止的思索吧。

树下那块银灰色的铭牌,依旧默默地静立在草丛中。环绕其旁的野草莓,是北美印第安部落的传统植物,眼下已结出了小小的果实，一粒粒，小指甲盖大小，嫣红剔透，似珍珠，似玛瑙，衬托着朴素光洁的铭牌。

我低下头，默默地注视着上面镌刻的字迹时，眼前浮现出一张又一张既陌生又熟悉的面庞来。

那些名字，也许本就鲜为人知，也许已逐渐被今人所遗忘。好在这一方小小的花园里，将长久地留存下他们的痕迹，并帮助后世的人们，解开人类历史上一个又一个难以疏解的心结。

## 补　记

去年初秋，完成了上面的文字后，便投稿给国内的文学杂志，发表于《当代》2019年第四期上。期盼等待中，天气渐凉，转眼便是隆冬了。

元旦那日清晨，窗外飘起了鹅毛大雪，后院的池塘里，早已结了厚厚的冰。邮箱里却跳出一封信来，顷刻间驱散了周遭的寒气，暖热了心扉。

图古德（Toogood），这个英文姓氏，我还是头回遇到。若是意译，可否翻译成"超好"呢？

他告诉我，辗转听人说，我在寻找那株美洲蕾的捐赠者，作为知情人，他愿约我见面一谈。

于是，在那个阳光明亮得耀眼、温度却为零下十六度的冬日午后，我按响了超好教授家的门铃。

老人已经八十岁了，但清俊的面容，睿智的谈吐，依稀可辨这位化学系退休教授昔日的风采。提到半个世纪前与毕森夫妇的交往，那对已经蒙上薄薄一层云翳的湛蓝的眸子里，闪出了几朵温柔的火花。

客厅的落地玻璃窗十分宽敞，从窗里朝外望，可见街道正对面，几株高大的雪松下，掩映着一座老旧的二层小楼房。

自从毕森夫妇1969年落脚滑铁卢小城，他们便租赁了那座属于当地教会房产的小屋，与超好教授毗邻而居，朝夕相望。

"是的，只是租赁。他们此生从未攒够钱，购买一座属于自己的房产。"超好教授确认了我的疑问。

我迫不及待地拿起手机，冲到门外，拍下了这座人去楼空、阶前草木凋零的老屋。

二十世纪六十年代中期，超好教授还是个初出茅庐的青年人。拿到博士学位后，他便离开故乡英国伦敦，辗转到美国西部，继续深造。在那里，他结识了年轻的美国姑娘帕特丽霞。二人成婚后，双双应聘来到加拿大的滑铁卢大学，在这座安静的小城扎下了根。

"那时候，整个滑铁卢大学才有两千名学生。与今天的规模不可同日而语。"超好说。

想到如今在滑铁卢大学校园里就读的学生，仅仅是来自中国的留学生，便已达六千之众，不由得感叹时代的飞速发展。

"那时的我们，还很年轻，远离家乡，远离父母。而毕森夫妇同样，也远离他们在美国的儿女。结果，大家自然而然地形成了一种亲如家人般的互助关系。他们就像我们的父母，经常给我们生活和工作上的指点。而我们呢，也像晚辈一样，尽可能地关心和照顾这对年老体弱的夫妇。"

毕森夫妇亲切和蔼，行事低调。整条街上的邻居，无不喜爱这对老人。回忆起当年一桩桩或幸福或尴尬的趣事，超好教授的声音里传出抑制不住的激动。

"在同一条街上生活了十年，邻居们谁也没料到，我们身旁住着的这位平易近人的老头子，竟然是一位拥有非凡人生阅历的著名学者！他著作等身，却非常谦虚，从不张扬炫耀、吹嘘自己。他的博学、才华，就像我们剥洋葱时那样，是一层一层，逐渐才展示到大家面前的！"

毕森把自己的不少珍贵藏书都赠送给了这位勤奋好学的青年教授。其中包括斯诺的《红星照耀中国》。

无数个冬日的夜晚，窗外冷风呼啸，白雪皑皑，大家围着壁炉中温暖的火苗，品着芬芳的中国绿茶，听毕森侃侃而谈。

"他的知识实在是渊博！"超好教授仰起脸，望着空中，边回忆边说，"记得有一次，他讲述到青铜器时代的殷商文化与古希腊文化之间的对比，信手拈来，如数家珍，令我佩服得五体投地。"

有一年，毕森教授做完白内障摘除手术之后，无法阅读，便请求超好教授，每周三个晚上，到他家中，为他朗读作品。

"读的都是远东历史文化方面的经典之作。"他说。

"您还记得都有哪些作品吗?"我挺好奇。

"有中国的《离骚》,印度的史诗《罗摩衍那》,还有日本的……哦,书名记不得了……"

"毕森教授经常指使我为他做这个,做那个,就像指使自己的孩子一样,毫不客气。"超好教授微笑着说,"我当然毫不在乎,很乐意为他效劳,但他太太菲丝却常常感到过意不去,为她的老头子总是麻烦我,连连致歉。"

话题扯到菲丝时,超好教授略微沉吟了一下,才小心翼翼地试探着问道:"不知道你是否听说过,上个世纪二十年代发生在南京的事件?"

见我默默点头,他才继续说下去:"其实,相识几十年了,但仅有那一次,也是唯一的一次,菲丝对我提到过当年那桩伤心欲绝的事件。她说,人性是复杂的,任何民族和文化,都有优劣好坏两面。在当年的金陵大学校园里,即便都是从美国来的传教士,也同样有君子与小人之分。她的父亲惨死之后,这么多年过去了,她是怀着宽容的精神,熬过漫长的人生岁月的。"

我明白,长留在菲丝记忆中的,不仅仅是金陵校园,还有仙境般美丽的庐山,还有飞扬着欢声笑语的北戴河……无论曾经发生过什么,那片土地,都早已成为她生于斯长于斯、难以忘怀的故乡了。

善良的人们,终于等来了冰雪消融的时刻。

## 校园里那株美洲蕾

1972年初,中美关系解冻之后,毕森教授颤抖着双手,拿出那部隐藏了数十年之久、字迹潦草、龙飞凤舞的"1937,延安对话"。

超好教授的妻子帕特丽霞在她的打字机上,一字一句,敲出来了这部书的草稿。

客厅壁上的镜框里,镶嵌着年轻的美国姑娘帕特丽霞笑盈盈的圆脸,仿佛在静静地聆听我们的谈话。这位滑铁卢大学化学系实验室的女技术员,已于五年前患病离世了。

"她的骨灰,与毕森夫妇埋在同一座墓园里。每年的忌日,我都会带上鲜花,去看望他们。"超好教授的目光盯着窗外碧蓝的天空,平静地说,"这些年,汤姆也老了,很少回来看望他的父母。"

提到校园里那株美洲蕾,他告诉我,毕森去世的那个夏天,自己恰好在英国搞研究,来不及赶回加拿大,参加葬礼。

秋天时,他回到了滑铁卢,左邻右舍的朋友们都觉得,大家应该做点什么,纪念这位非凡的学者。

"最后,这条街道的全体居民共同出资,捐献了一棵蓝杉树,栽种在瑞纳森校园里,面对着毕森曾经讲授中国文化的那间教室的窗口。"

说着,他从茶几上的一个信封里,掏出一张照片来,指给我看。"这是栽树那天的留影。"

我认出了瑞纳森学院那座最老的教学楼。花岗岩大石块砌成的底座旁,矗立着一棵笔直的蓝杉树。树旁站着几个人。我一个一个地辨认着,看到了青年时代的超好,还有满头银发的菲丝。

此外,还有一个文质彬彬、似曾相识的年轻人的面影。嗯,没错,是他,正是那位含蓄深沉、少言寡语的东方艺术雕塑家尼古拉。

"后来,不记得是哪一年了,在一场暴风雪中,天昏地暗,雷鸣电闪,那棵蓝杉树的顶部,竟被齐刷刷地削掉了!"

看我面露惊愕的神色,超好教授顿了一下,才接着往下讲。"通常情况下,这种树若是遭遇到此种厄运,就会枯萎,死掉。然而,来年春天,天气转暖时,那棵蓝杉树却奇迹般地存活了下来,并从顶部生出两根新杈来,继续朝天空生长。你说,蹊跷不蹊跷?"他盯着我,目光炯炯。

我默默点头,懂得他所暗示的象征。

野火烧不尽,春风吹又生。

"那,为何几年前又要补栽上这株美洲蕾呢?"我不解,继续追问。

"噢,前些年,瑞纳森学院要盖新的教学楼,不得不挪动那株蓝杉,把它移栽到其他地方去。可这样一来,学生们上课时,就再也看不见它的英姿了⋯⋯"他一面回忆,一面喃喃说道,"不,不,这怎么行呢⋯⋯"

于是,在超好教授的努力下,就出现了那株在春日里阳光下绽放出夺目光彩的美洲蕾。

日影西斜，时间不早了，我合上笔记本，从沙发上站起身来，与超好教授道别。

"请你等等。"他拿起茶几上那个信封，还有一本发黄的活页本子，递到我手中。"这些东西，你看看吧。"

我小心翼翼地打开信封，拿出里面的几张旧照片，仔细端详。有白发苍苍、面含微笑站在瀑布前的老年毕森夫妇，也有年轻英俊的超好教授和温柔可爱的帕特丽霞。

信封里面，还有几张订在一起的活页纸，是毕森去世后，教堂为他举办的葬礼上，牧师所致的悼词。我匆匆浏览了一下，看到了这样的评价：

"托马斯·亚瑟·毕森是一位学者、作家，也是一位教师。他毕生致力于为全人类的福祉求索真理，关心世界上的弱势群体，向无助的人民伸出援手。"

"刚才听了你们很多人的发言，我相信，正是出于对中国人民的深切关怀，他才踏上了赴华之路。他高大的身影曾经与当初鲜为人知而今在历史上赫赫有名的伟人们擦肩而过，他曾与影响了亿万人民的毛泽东主席和周恩来总理促膝倾谈。"

"毕森的脚步不仅踏上过中华大地，也在上帝的指引下，来到了滑铁卢。由于亚瑟·毕森曾经生活在我们中间，这条街道从此将不再是默默无闻的。人们曾在街头多次遇见过他。他总是面带和善的微笑，目光炯炯发亮。他身姿伟岸，却谦卑和蔼，平易近人。"

"那个曾经与世界级领袖亲密交谈的人,也正与那个在后院埋头栽树、在前院奋力除草的是同一个人。我们至今仍感奇怪,这位老人是如何赤手空拳从林子里把一根根枯朽的树木拉回家中,用作壁炉燃料的。"

"亚瑟·毕森的身后,留下了独特的足迹。世间将不再会有与他一模一样的人了。他从未移动过山脉,但他却移动了人类。他从未在月亮上行走,但他却踏遍了地球。他有过自己的痛苦、恐惧、烦恼,也有过缺憾与不足,但他是当之无愧的一个真正的人! 是上帝之手创造的一个充满大爱的人!"

这位牧师的悼词,出乎意料,完美地提炼了毕森的一生。

超好教授打断了我的思路,指着旧照片说:

"这些照片,都是和毕森夫妇相关的,也送给你。那本活页,是毕森在1924年抵达中国之后,用来学习中文的旧课本。他在世时,曾复印了一份给我。"

"您也跟随毕森学习过中文吗?"我翻开那本发黄的活页课本,目光扫过上面密密麻麻的繁体汉字,惊讶地问道。

他不好意思地笑了,摇了摇头。"实在是太难了。我顶多学习了一百个汉字,就坚持不下去了。"停顿了一下,他又补充道,"最近,我被诊断出患了病。两周之后,就要开始去医院做化疗了。这些历史资料,都留给你,权当纪念吧!"

看着超好教授坦然的目光,我握紧他那双温暖的大手,告诉他,别担心,一切都会好的。当校园里那株美洲蕾再次绽放出美丽的花朵时，我将开始教他学习中文，补上他青年时代没有来得及完成的梦想。

送我到了门边，帮我穿上大衣后，他轻声地问道："天气暖和了之后，你愿意跟我一起，去墓园里看望毕森夫妇，还有帕特丽霞吗？"

他的声音是平静的，但我从他的眸子里，似乎捕捉到了一丝不易察觉的忧伤，掺杂着期望。

我看着他，郑重地点了点头。"当然。我一定会去的，而且，年年都会去。您放心吧！"

汽车发动后，我挥动手臂，朝站在玻璃门后定定地望着我的那个身影道别。

突然间，一个念头涌上了心头：那篇投稿迟迟未能确认发表，焉知冥冥中，恰是上帝之手在掌握着世间事物应有的进程，耐心地等候着我，为亲爱的读者们补上"美洲蕾"这一悬念的答案呢？

（2019年3月23日初稿，2020年5月23日修改。）

注：本文发表于《当代》2019年第4期。

# 参考资料

T. A. Bisson, *Yenan in June 1937: Talks with the Communist Leaders,* the Regents of University of California, 1973.（托马斯·亚瑟·毕森,《1937年6月：在延安与共产党领袖会谈》加利福尼亚大学出版，1973年）

W. Reginald Wheeler, *John E. Williams of Nanking,* Fleming H. Revell Company, New York, 1937.（维·瑞吉纳尔德·威勒,《约翰·威廉姆斯在南京》，弗莱明·瑞威尔公司出版，纽约，1937年）

David A. Hollinger, *Protestants Abroad: How Missionaries Tried to Change the World but Changed America,* Princeton University Press, 2017.（戴维·霍林格,《基督教新教徒在海外：传教士们试图改变世界然而却改变了美国》，普林斯顿大学出版社，2017年）

## 译 者 简 介

李彦，北京人，1987年毕业于中国社会科学院新闻系，同年赴加拿大留学。1997年起在滑铁卢大学任教，现任文化及语言研究系中文教研室主任、副教授。2007年起担任滑铁卢孔子学院加方院长，长期致力于中外文化交流。现为北京市侨联海外委员。从1985年起从事中英文双语创作、翻译。曾获中外多个文学奖项。主要作品包括英文长篇小说《红浮萍》《雪百合》；中文长篇小说《海底》《嫁得西风》；自译中文小说《红浮萍》；纪实文学《兰台遗卷》《不远万里》；作品集《尺素天涯》《吕梁箫声》《羊群》，译作《白官生活》；合著中英文双语对照《中国文学选读》、英语文集《沿着丝绸之路》《重读白求恩》等。

本书译稿完成于2019年3月18日，修改于2020年3月6日，定稿于2020年5月23日。

Yenan in June 1937:
Talks with
the Communist Leaders